诗悟人生

平凡赤子心 逆旅致真行

霍向东◉著

北京
冶金工业出版社
2016

图书在版编目(CIP)数据

诗悟人生：平凡赤子心　逆旅致真行/霍向东著．—北京：冶金工业出版社，2016.8

ISBN 978-7-5024-7335-8

Ⅰ.①诗…　Ⅱ.①霍…　Ⅲ.①诗集—中国—当代　Ⅳ.①I227

中国版本图书馆 CIP 数据核字(2016)第 181207 号

出 版 人　谭学余

地　　址　北京市东城区嵩祝院北巷 39 号　邮编　100009　电话　(010)64027926

网　　址　www.cnmip.com.cn　电子信箱　yjcbs@cnmip.com.cn

责任编辑　曾　媛　美术编辑　杨　帆　版式设计　杨　帆

责任校对　曾　媛　责任印制　李玉山

ISBN 978-7-5024-7335-8

冶金工业出版社出版发行；各地新华书店经销；固安华明印业有限公司印刷

2016 年 8 月第 1 版，2016 年 8 月第 1 次印刷

169mm×239mm；10.75 印张；205 千字；143 页

39.00 元

冶金工业出版社　投稿电话　(010)64027932　投稿信箱　tougao@cnmip.com.cn

冶金工业出版社营销中心　电话　(010)64044283　传真　(010)64027893

冶金书店　地址　北京市东四西大街 46 号(100010)　电话　(010)65289081(兼传真)

冶金工业出版社天猫旗舰店　yjgycbs.tmall.com

（本书如有印装质量问题，本社营销中心负责退换）

序　言

2016年4月中旬与霍向东在北京科技大学相聚，他同我讨论诗集出版的事宜，并嘱为作序。我不是诗人或评论家，文字功底也不是很深，为诗集作序是勉为其难，但彻夜长谈后，我慨然应允，主要有以下几点：

一是我们的钢铁缘。2000年他读博士期间来广钢集团做课题，我那时是广钢集团技术研发中心副主任，这是第一次见面；2004年他来广钢集团做博士后，接触更加紧密；此后有长期的科研合作，逐步发展成深厚的友谊，最终形成共同的理念和追求。他最近决定把诗集交冶金工业出版社出版，显然源于深深的钢铁情结。改革开放三十年来，历经了波澜壮阔的发展历程，我们实现了“钢铁大国梦”，每个“钢铁人”都功不可没。目前我国钢铁产能虽然面临严重过剩的困难，但我们对我国在不远的将来成为钢铁强国充满信心。

二是我们的立人情。向东在广钢集团做博士后期间，我们不止一次讨论过从事教育事业的愿望，后来都天从人愿。在科研合作的同时，交流教育心得和体会，最后形成了“知行合一，致真立人”的理念。我们通过帮助学生成长实现自我的价值，并作为人生的归宿。作为教育工作者应该把帮助学生独立作为最高目的，苏格拉底讲“教育的技艺在于给学生提供最完美的利益”，教师的职责所在是努力提高自己的教育技艺，使学生最大地获益，报酬只不过是一种副产品。

三是我们的知行观。向东的特点是看书多、好思考，他经常说我就是“知行合一”的践行者，为此我专门去贵州龙场驿的阳明洞寻找阳明精神，丰富自己的教育理念。2015 年 11 月份在杭州开会，彻夜长谈，凌晨 5 点我要赶飞机回广州，在路上收到他的短信“匆匆相遇别匆匆，烟雨西湖天未明。床铺已空君渐远，昨夜无眠论知行”。“知行合一“博大精深，不仅指理论和实践相结合，还告诉人们既不能好高骛远地知，也不要懵懵懂懂地行，王阳明把它作为一个道德追求，而我们逐渐把“致真”作为“知行合一”的落脚点，因为“致真”是我们能知能行的，可以作为我们毕生的准则和目标。

四是我们的创新梦。2016 年 5 月中旬，中共中央、国务院印发了《国家创新驱动发展战略纲要》，提出到 2020 年进入创新型国家行列、2030 年跻身创新型国家前列、到 2050 年建成世界科技创新强国“三步走”目标。现在创新已摆在国家发展全局的核心位置，人才是创新的根本。培养人才就是帮助学生实现几个层次的独立。经济独立，有一技之长，“授人以渔”；思想独立，勇于挑战权威，才能不断创新；精神独立，不完全依赖于社会评价，才能“板凳要坐十年冷”，坚持创新，矢志不渝；最终要使学生完成自我实现，达到人格独立。科研追求真理，在社会上真诚待人，并且真心明白自己的追求和兴趣所在，不自欺欺人，坚持科研创新。“真”就是“立人”的灵魂，创新的保证。

以上几点也就成了序言的主要内容。我认真地读了诗集的所有内容，最深刻的印象就是“真”，文如其人，接触过向东的人都会感受到他的真诚，尤其是这两年他的诗歌水平和对真的领悟有了很大提高。2015 年暑期我们去韶关云门寺，在爬山时一路闲聊，听到他待人接物的事例，我感受到真诚，并感觉到他形成了自己的特色，将来也许会取得较大的成就。我欣赏向东的一句话“致真没有终点，我们都在路上”，并希望他在“致真”的道路上越走越远。

诗集中还阐释了感情、文采、率真和诗词创作的关系，真和美、真和善之间的关系，包含了诗词理论、哲学思考和个人领悟，可以看出，向东的知识面很广，横贯中外、古今、哲学、宗教、文艺等。我很难对向东的诗集做出很恰当的评价，向东也说他很难对自己准确定位，我将充分利用自己较广的社会资源，组织相关领域的精英人物，与向东进行交流，帮助向东实现和“高人”切磋的愿望。

诗集的最终影响力多大，尚不好预测，但我相信肯定有广泛的社会需要，而对“真”的领悟和篇篇诗歌，是否字字珠玑、石破天惊、振聋发聩，需要读者自己去读、去领会。

是为序。

华南理工大学教授、博士生导师 李烈军

李烈军（右）与本书作者

前　言

中国曾是诗的国度，历史上的大诗人灿若星辰。我最喜欢的诗人有三个，东晋的陶渊明，盛唐的李太白，北宋的苏子瞻，他们共同的特点是才华横溢、率真自然，三人中又独青睐苏轼。陶潜是田园派的鼻祖，达到与自然完美的和谐；李白是诗仙，贺知章初见惊呼为“谪仙人”，不是凡间俗物。唐朝禅宗大盛，佛学真正融入中国的文化，从此“儒释道”构成中国文人的血脉，苏轼如此，吾辈亦然。可以说，渊明不需要悟，太白本就是仙，独有苏轼诗中体现了极高的悟境。

利根人顿悟成佛，如六祖慧能闻一句《金刚经》就已开悟。苏轼在早年就表现出超出常人的悟性，“人生到处知何似，应似飞鸿踏雪泥。泥上偶然留指爪，鸿飞何复计东西。”而领悟更多地来源于生活的磨砺，苏轼一贬再贬至海南，诗词日臻完美，悟境更超凡脱俗，“横看成岭侧成峰，远近高低各不同。不识庐山真面目，只缘身在此山中。”但是他毕竟活在尘世中，无法完全摆脱烦恼，“休言万事转头空，未转头时皆梦”“长恨此身非我有，何时忘却营营”。苏轼就这样写着、走着、迷茫着、领悟着，最终也没有解脱，他不相信解脱，临终时拒绝喊“阿弥陀佛”。这就是人生，这就是人类的宿命，苏轼为我们这些有觉悟的凡人树立了一座丰碑，他的经历告诉我们命运多蹇，而从他的作品中可以窥见达观、真实、伟大的灵魂。

人生只有死亡和领悟是质变，其余的物质、名利、情人都是量变。死亡是肉体的毁灭，领悟是思想的重生。其余都是假象，为了满足“我”的需要而积累，并最终烟消云散，常说的名缰、利锁、情网哪一样不是束缚？诗歌来源于生活，高于生活，并且应用于生活，脱离生活的诗人和诗作都不会有生命力。诗集以《诗悟人生》为题，首先向东坡居士致敬，另外“诗言志”，诗歌本身只是一种载体，它记录了我的生活，浸透着我的领悟。

一、诗与真

屈原《离骚》中有“路漫漫其修远兮，吾将上下而求索”。电影《士兵突击》中许三多的名言“有意义的事就是好好活，好好活就是做有意义的事，做很多有意义的事”。人生求索什么？什么是人生的意义？——就是“致真”。

我出生在1972年，“文化大革命”后期。父亲是农场工人，母亲是小学教师。他们一直为我骄傲，尽管他们不理解以前我为什么苦恼，就如不理解我现在的追求一样。我始终为对父亲的评价纠结，实际是自我的矛盾。父亲善良、老实、直，从没有与时俱进、进行反思、试图把握本质。“直”并不是“真”，但我由于父亲的遗传具有了“直”的根基，“致真”的途径是“直”要加上两点，《道德经》上的一句话“为学日益，为道日损”。“为学日益”，逐渐接近事物的本质；“为道日损”，渐渐地放下自我。

连襟王哥说我是九型人格中的第五型，凡事弄个明白。我从小喜欢读诗，中学时最希望的是有个图书馆。初中时就买了《千家诗》背诵，遗失了，现在家里有上海古籍出版社的《宋诗一百首》，1983年印刷，上初一买的吧！1997年春节，爱人夜班，除夕夜守岁把《唐诗鉴赏辞典》看了一遍。每次出差我都会拿几本书，读博期间到广州做课题在路上读钱钟书先生的《宋诗选注》，记得陆游悼念唐婉的诗“伤心桥下春波绿，曾是惊鸿照影来”。《傅雷家书》中傅雷先生推荐儿子傅聪看《人间词话》和《世说新语》，我就找来看。2009年想到要看《易经》，江苏大学图书馆里的相关书籍有选择地读遍了。诗只是书的一部分，书是生活的一部分，“为学日益”不仅指读万卷书、行万里路，而且要努力追求。只有见识更多，才不会被思维的假象欺骗。苏轼的《观潮》“庐山烟雨浙江潮，未到千般恨不消。到得还来别无事，庐山烟雨浙江潮。”是眼见为实后的感悟。

但只是“为学”并不能见到“真”，大学期间我很不快乐，自我意识严重，经常对号入座。毕业分配到济钢，结婚后和爱人家关系怎么也处理不好，到了走投无路的地步。慢慢认识到我自尊心太强，试着放下“面子”、不用自己的标准衡量人和事，情况有了改善。这是放下自我、“为道日损”的开始。“出来混总是要还的”，所有的缺陷在生活中都会暴露无遗。2006年全家来到江苏大学，爱人想家经常落泪，我纠结于荣辱得失无法自拔，主动接触了《金刚经》《坛经》，在生活中体悟“无所住而生其心”“不住相布施”，又由于后来有些变故，慢慢领悟到痛苦源于对自我的执著，如果“为学日益”的过程中加强了自我，更如火上浇油，只有“为道日损”才是快乐、解脱的途径。股灾时在同学群里发了一首诗“失马岂为祸，得马亦非福。塞翁今何在，人与马俱无。”本来就是“塞翁失马焉知非福”，某一天人和马都不存在，还执著什么？

读诗、写诗是“见真”和“致真”的最佳途径。《道德经》中第十章“专气致柔，能如婴儿乎？”以前误以为是回到婴儿的状态，把“智慧”学成了“恶智”，所以“死读书”不如“不读书”。这句话实际是让我们回归“无欲”的状态，无欲才能无为，无为才能无不为，而“无欲”就是“无我”。“返璞归真”并不是回到婴儿时代，那是一种蒙昧状态，教育中的“启蒙”就来源于《易经》中的“山水蒙”卦，回归蒙昧是个人的倒退也是人类的倒退，开历史的倒车也绝无可能。

个人和人类在摆脱“蒙昧”的过程中逐渐认识到“真”，但也收获了“假”。社会生活中鱼龙混杂、真假难辨，人们鼠目寸光、坐井观天、瞎子摸象，由于各种局限性看不到全貌，又由于人生短暂悟不透因果。但更可悲的是“夜郎自大”，许多人以为自己看透了生活、明白了本质，必须明白，“致真没有终点，我们都在路上”。永远要有一个谦虚、谨慎之心，我离“真”还差得远，才能不断进步。

“学史使人明智”，上下五千年，学史的确可以明白很多道理，但历史只是对人物、事件等的记录，受撰写人学识、观点的局限，另外所有的史学家并不都如董狐那样直书不讳，使真实打了折扣。而诗是表达思想、感情的，如果掺了假，就不会成为名作，也没有生命力。大量的宫廷应制诗歌功颂德、拍皇帝马屁，没有几首流传，著名的《清平调三首》是因为太白才高八斗，但还是因为说了真话，得罪了杨玉环，被玄宗炒了鱿鱼。李白不会后悔，如果能说假话就不会成为伟大的诗人。

因此伟大作品都是诗人真感情、真思想的流露，但是读诗“见真”却是一个缓慢的过程。首先见到的是美，文字美、韵律美、意境美，“两个黄鹂鸣翠柳，一行白鹭上青天。窗含西岭千秋雪，门泊东吴万里船。”美丽的风景跃然纸上。读多了就会体会到诗背后的感情，也是因为生活的阅历使我们丰富了那种感情。

“飞流直下三千尺”的豪放，“呼儿将出换美酒”的洒脱，“轻舟已过万重山”的轻快，“月下飞天镜，云生结海楼”的壮阔，“相看两不厌，唯有敬亭山”的孤独和高洁，就逐渐与李太白融为一体。诗人的感情是如此丰富，读诗的过程体会这些感情、发泄这些感情、反思这些感情，因此多愁善感的我感情找到了归宿，找到了寄托，找到了宣泄的途径。这一阶段，我就有了创作的欲望和冲动。

但此时离“见真”还差得远。我2006年在山东大学外面的书店里买了《苏轼诗词选》，跟随他出川进京、升迁、被贬、起复、再被贬，直到逝去，学习他、体会他，但有一点始终不解。他一生基本在贬谪中度过，亲人客死他乡，为什么始终达观、宽容、率真？苏轼的诗、词、绘画、书法在中国历史上全部名列前茅，《黄州寒食诗帖》被誉为“天下第三行书”，诗词就不必说了。而对此我经常纠结、苦恼、无法自拔，大概可以归因他超人的才情吧！子瞻有强大的自信，不会自卑，既然我同苏轼的才华判若云泥，只能“高山仰止”了。但这不是究竟。

慢慢接触了《金刚经》《坛经》《易经》以及克里希·那穆提的作品、西方哲学等，更重要的是生活的磨砺，我明白了思维的假象，悟到了当下，知道了我们的烦恼来自于比较和想象，就进入了苏轼的精神世界。苏轼生活在俗世中，别人遇到的问题他都会遇到，别人渴求的他也曾渴求，但是生活的磨砺让苏轼明白：烦恼和纠结“只缘身在此山中”，生命短暂如“隙中驹，石中火，梦中身”，活在当下就是“人生如梦，一尊还酹江月”，不存贪欲、融入自然在《赤壁赋》集中体现，“且夫天地之间，物各有主，苟非吾之所有，虽一毫而莫取。惟江上之清风，与山间之明月，耳得之而为声，目遇之而成色，取之无禁，用之不竭。”这个世界只是个舞台，我们扮演的再好也只是个角色，尽管登了台就要把戏演好，但那毕竟是戏，我们还有一个更为广阔的戏外的世界，那就是精神世界，“致真”是精神世界存在的根据。

感情、思想稍纵即逝，一般人没有表达的欲望、找不到表达的途径，但“熟读唐诗三百首，不会作诗也能吟”，途径畅通了，自然有表达的冲动。我可以称得上创作的第一首诗，写于在广州作博士后期间，感情郁结着，要找到宣泄的渠道，正好在读王力先生的《诗词格律》，当时写得都是天涯苦旅、儿女情长。当从纠结于文字的优美，到专注于感情的表达，是我诗歌创作的开端。

开始写不好景物诗，更达不到情景交融的地步。同感情相比，景物更是不停变换，如果盯住景物拼命作诗，就如同“王阳明格竹子”非出毛病不可。或者情是情、景是景，缺乏艺术感染力。禅宗讲“直心是道场”“直心第一义”，唐代达到诗歌的顶峰，同时禅宗大盛，我认为是有关系的。放弃思维，直接的体验，在“感情”和“文字”间建立直接的联系，把感情直接喷发成文字，或者有感觉时直接记录下来当时的诱发因素，就会情景交融。后面讲了两则和学生一起作诗的经历。现在经常突然一句诗蹦入我的脑海，“文章本天成”，想出来的诗句再美妙也不如浑然天成。

作诗经常会发现有前人的痕迹，昨天去南山写了《暮春即景》“春暮花残绿满山，鱼游入草不知还。鸟啼婉转蛙单调，无力东风送纸鸢。”爱人就想到了李义山的“东风无力百花残。”但我绝不是故意地模仿或抄袭。因此一年来有了“井喷”似的创作欲望，主要是因为生活中的领悟，当然和从小的积累是分不开的。并且由于正在领悟和积累，不用担心有一天写不出诗来。

因此“为学日益，为道日损”是“致真”的途径，也是写好诗的前提。或者直接可以说，读诗和写诗是逐渐“见真”“致真”的最好途径。

二、美与真

《道德经》第二章中就提到了美和善，“天下皆知美之为美，斯恶已；皆知善之为善，斯不善已。”这样的经典没有绝对正确的解读，说一下我的理解。美和善的概念产生，丑和恶的概念就产生了，这是一个理解。追求美和善的过程，会带来相反的结果，并不存在至美至善，这是第二个含义。禅宗传承讲究“默传吩咐，不立文字”；释迦牟尼佛灵山大会上拈花一笑，迦叶会意，这是禅宗的开端；《维摩诘经》中“净名杜口”；孔子“三缄其口”。都是让人少说话、不说话，“病从口入，祸从口出”，另外场合不同、对象不同、悟境不同，说出话就不一定合适。但是当老师总要讲话，首先我只是把自己知道的告诉大家，另外我告诉研究生：欢迎批评，这样促进我进步。

可见，美是相对的，美不是根本。美是人类的一种判断，美和丑之间存在过渡；但真和假之间没有过渡，非假即真，弃假存真，或说“假”是人类偏离“真”的一种认识和行为，有客观有主观，或被动或主动。“真”并不依赖于“假”而存在，“真”就是本质，就是上帝，就是佛陀，就是实相，就是人类不断追求、但永远不会终极的目标。

自然界是美的，因为它的真。看一下运河吧！并不只有春花的艳丽，夏雨后的清新，秋叶飘落的静默，冬雪覆盖的苍茫，毫无伪饰，毫不做作。女人的美也不只是因为她的年轻，天真烂漫、蛾眉宛转、温柔体贴、庄重自然，前提是必须要真。上学期间见到中科院年老的女科学家，说不出的美，师弟用“玉树临风”也差强人意。

舞蹈、绘画、音乐等艺术展现出美，但艺术创作的本质是“致真”。电影《泰坦尼克号》展现了在面临危难时人性的光辉；贝多芬的《命运交响曲》使人感受到不可言喻的感动和震撼，他真实反映了创作者和命运搏斗、永不屈服的精神。缺乏“真”的“美”经不起时间的考验，而“真”是永恒的。在所有艺术形式中，诗歌是最容易学习的，所谓天赋就是语言；是最容易鉴赏的，不需要太多的专业知识；是最容易理解的，只要具有人类的感情、发现美的眼睛和纯洁的心灵；也是最容易“见真”和“致真”的途径，《陶渊明集笺注》《李太白全集》《苏轼诗词选》都是伟大诗人阅历和感情毫不掺假的展示，读诗就是伴随他们命运的跌宕起伏，感受他们生活的喜怒哀乐，和他们交流思想，体会他们伟大的灵魂。

《人间词话》中王国维开篇之言“有境界则自成高格，自有名句。”后面第六段“境非独谓景物也。喜怒哀乐，亦人心中之一境界。故能写真境物、真感情者，谓之有境界；否则谓之无境界。”阐释了真境物、真感情是伟大作品出现的基础。

对作者来说，写诗有三个要素，感情、文采和率真。现代人觉得诗很难写，以为文采不够，这和我们传统文化的缺失有关；但这不是根本，最主要的在生活和心灵中缺少了“真”。感情一直都在，没有“真”就不清楚或意识不到，模糊混乱，或稍纵即逝；缺少了“真”，必然不欲言、不敢言、妄言，无法把感情变现为文字。带学生去上海出差，他在外滩想起了爹娘，我让他抓住这稍纵即逝的感情，记录下当时的环境，作诗一首：“外滩人海孑然行，暮色归船笛长鸣。对岸万家灯火起，眼中忽现故园情。”谁没想起过爹娘？抓住感情出现的瞬间，记录下诱发的因素，那就是真实，就成了每个人共通的感受。如果缺少了率真，作者趋于平庸，作品缺少灵魂；如果率真自然而稍欠文采，就会如天真烂漫的小姑娘，假以时日，总会变得亭亭玉立。王安石在《伤仲永》中讲了一个天才儿童“泯然众人矣”的故事，受到世俗的熏染，丢掉了“真”，恐怕是主要原因。

子曰：“《诗》三百，一言以蔽之，曰‘思无邪’。”想的没有不可以说的，“修辞立其诚”，诗人要有真性情，心怀坦荡。如果“不如意事十八九，可与人言无二三”，怎样作诗？怎么成为诗人？诗人应该光明磊落，没有阳光下的黑暗，没有什么不可以示人，只是未必要全盘托出。读诗、写诗的过程中可以净化心灵，你的喜怒哀乐是人类共有的，而欺人漫天、阴谋诡计的心思会渐渐淡化，最后不值一提。

《古诗源》中沈德潜重视作品风骨，提倡自然，反对雕琢。陶渊明回归自然，诗句如清泉般缓缓流出。李白放任洒脱，直抒胸臆。杜牧的诗真色真韵，清新自然。李义山的文字华丽空灵，但拥有丰富的感情内涵。王国维评价“后主之词，真所谓以血书者也”。苏轼历经磨难，但从未掩藏自己率真的性格。李清照“生当作人杰，死亦为鬼雄。至今思项羽，不肯过江东。”尽管没有直斥偏安的南宋小朝廷，但悲愤、爱国的感情跃然纸上。“真”在内容上是“文以载道”，在效果上“乐而不淫，哀而不伤”。

感情和情景表现为文字，如果加入了太多的思维，就隔了一层。《坛经》里讲“直心第一义”，思前想后已非真，“两句三年得，一吟双泪流”的苦吟我是摈弃的。在学写诗的初期都要冥思苦想，因为对文字和格律的掌握并不熟练，但始终要以感情和情景的真实表现为根本。这就是“不以辞害意”，《红楼梦》中“香菱学诗”片段，黛玉教她：“词句究竟还是末事，第一立意要紧。若意趣真了，连词句不用修饰，自是好的。”

刚开始写诗时，感情是感情，景物是景物，总觉着缺点什么。后来体会到情景交融，前几天有个朋友说我《运河》一章中“秋水”写得最好，我想可能人到中年、时值中秋，感悟和环境能很好结合吧！杜甫的《登高》中“无边落木萧萧下，不尽长江滚滚来”同常年漂泊、老病孤愁的感情交织在一起，动人心弦，被称为古今七言律诗之冠。李白的《静夜思》中“月光”景色和“思乡”情结通过“浓霜”联系起来，既形容了月光的皎洁，又烘托出人在他乡的孤寂清冷。心同外物的感应产生了情绪和感情，如果想让读者更好地把握诗人的体验，情景交融是一条重要的途径。

写诗就要用诗的语言，“书读千遍，其意自见”，“熟读唐诗三百首”是写诗是必做的功课。汉字单音节、有声调的特点使得语言具有“音乐性”，而这种“音乐性”在近体诗中得到了集中体现：押韵实现了回环往复，平仄表现了抑扬顿挫，对仗显示了对称的美。此外，最基本的格律还包括字数和句数。诗歌艺术源远流长，发展到唐代逐渐成熟，是无数大家尝试、创新、实践的结果，彻底否定是十分可惜的。以胡适为首的白话诗人倡导“诗界革命”，意图打破中国古典诗歌的形式规定，但目前为人传颂的还是唐诗宋词居多，白话诗的佳作寥寥无几，如徐志摩的《再别康桥》、戴望舒的《雨巷》的佳作太少。更为可惜的是，诗歌在人们生活中的地位日渐衰微，诗歌被沦为“小众文化”，成为文人自娱自乐、吟风弄月的小道具。“不依规矩不成方圆”，没有规定和形式的诗歌就会发展成“野狐禅”，发展成“天下无诗”。我们依靠什么表达感情，依靠什么亲近自然，又依靠什么“见真”“致真”呢？

诗歌来源于生活，高于生活，并且要让我们的生活更美好。如果完全按照古人的诗词格律，可能使人望而却步。我谈一下在写诗中的浅见。不论是何种形式的诗歌，“韵”是最应该保留的，押韵的目的是为了声韵的和谐，构成声音回环的效果，读诗时体会诗人的感情、看到当时的情境，再加上如音乐般的回环往复，是不是很美呢？但是押韵不能太严格，尤其是不要去查韵书，古人的发音和现代差别很大，只要用我们小学时用的声母和韵母的知识去押韵，易读、易学、易作，并且容易交流，别人要容易欣赏。

“平仄”也是需要的。“四声”有了很大的变化，声调有些发生了变化，有些消失了。普通话共有四个声调：“－”是第一声，叫阴平声；“/”是第二声，叫阳平声；“∨”是第三声，叫上声；“＼”是第四声，叫去声。第一声和第二声作为“平”，第三声和第四声作为“仄”，就可以了。平仄的“粘对”还是需要的，在对句中平仄关系是相反的，这是“对”。第（$2n+1$）句第二字的平仄要和第 $2n$ 句第二字相一致（$1\leq n\leq 3$），这叫“粘”。“平仄”完全按规矩束缚太大，有这样一个口诀“一三五不论，二四六分明。”粘对关系只注意二、四、六个字就可以了。

对仗是律诗中有别于绝句的重要标志，它要求颔联（三、四句）、颈联（五、六句）对仗，要使相应词语的词性相同或相近，且平仄相反。“对仗”不能体现音乐美，但可以强化表现力，我才力不够，又不愿受到太多的束缚，至今没有一首像样的律诗。杜甫的律诗成就最高，格律谨严，但杜诗不是我喜欢的类型，“为人性僻耽佳句，语不惊人死不休”使我有苦吟的感觉，而我喜欢直接表达，所以对仗是我认为可以最先放弃的，但放弃了对仗就不能称为律诗。

去北京时大学同学调侃我："小霍会写诗了，不错，字数没有错。"我也幽了一默；"偶尔填首词，也会错。"绝句分为五言和七言，作诗时根据需要选择，但个人认为，五言绝句更有内涵、意犹未尽、回味悠长，而七言绝句状景、抒情更淋漓尽致一些。五言有禅宗的特点，"不可说，不可说"，慧能的悟道诗就是五言，此外五言还有强烈表达感情的特点。四言、六言，不用刻意，写多了、需要了可能自然选取这种形式。四言以下，表达内容太少，《诗经》里也不易见，七言以上见于现代诗吧！词也被称为长短句，表达感情有特色，深秋黄昏，我因长盘龙疮打吊针，《行香子》几句"秋意浓深，落日西沉。腰盘龙，手背银针。四十三年，流水光阴。伴黄河波，珠江水，运河春。"表达当时沉郁、孤独、平静的感情。

去年看了袁行霈先生撰的《陶渊明集笺注》，打开了我的创作思路。陶潜以四言、五言为主，句数并不固定，景物和感情如泉水般汩汩流出，顺其自然，水到渠成。我不愿写律诗，四句以上就用多句，本集中的《家居田园》和《梅花高洁》很多采用了这种形式。偶尔兴致来了，会写现代诗，无拘无束，不考虑用韵却自然用得上，有时候写文章韵脚就会跑出来。

这是我的一点浅见，我没有系统地学过诗歌写作，有些只是个人观点，贻笑大方。我勇于说出来，是因为我的"真"，我们永远在路上，写诗和"致真"都是这样，成熟、固定就意味着僵死、不发展，诗歌写作不能用对和错来衡量，这不是诗歌的理论，只是一些体会，"嘤其鸣矣求其友声"。而我坚定地认为，"真"是诗的灵魂，为了"真"我可以采用形式，也可以抛弃形式，抛弃任何形式，包括诗歌本身！

三、善与真

一般认为，真善美是人类的理想和追求。写诗和读诗可以导人向善，它是通过"致真"实现的，在谈真和善的关系之前，首先认识一下"善"。《三字经》中讲"人之初，性本善"，善和恶是哲学的永恒命题，关于"性善"和"性恶"中国历史上曾有不同的观点，孟子讲人性本善，荀子讲人性本恶，告子主张人性无善无恶，还有人主张善恶混合。我很早就怀疑，善恶可能不是人类的本性，人类的本性是自私。自私是由于有了“自我意识”，在物种进化的过程里，自我意识的产生使人类具有了参照系，这是完全脱离自然状态而飞速发展的原因，也由此产生了是非善恶的标准，就是以“自我”衡量。

善恶都是为了“自我”而产生的现象、形成的判断，只不过“善”增加了社会调节功能。同美丑一样，善恶也是相伴产生的概念，并且在追求“善”的过程中可能会导致“恶”，因为不同时代、不同国家、不同阶层有着不同的善恶标准。美国打击伊拉克肯定是打着“善”的旗号，但目前伊拉克支离破碎、民不聊生，而极端组织的仇视和报复，他们也认为是一种“善”。清官难断家务事，正如靠“对错”解决不了家庭问题一样，“善恶”解决不了宗教问题、国家问题。

追求“善”的过程必然会出现控制和压抑，贞操就给古代妇女带来严重的伤害，“三纲五常”也因为对人性的压抑降低了社会的活力。

“百善孝为先，万恶淫为首”，朱熹理学思想的重要观点之一就是“存天理，灭人欲”，但其效果却差强人意。鲧堵塞洪水，失败被杀；禹采取疏导的方法，获得成功。“灭人欲”太过恐怖和反动，要引导人们“见真”“致真”，主动放下自我，才是可行的途径。

中国传统文化中有“真”的基因。佛陀说“众生皆有佛性，人人皆可成佛”，尽管不承认，但王阳明的“心学”明显吸收了佛学思想，他说：“满大街都是圣人”。圣人就是佛陀，良知就是佛性。佛的教义太过深奥，“佛性”难得一见；“良知”概念太过模糊，王阳明死后“心学”就分裂了。其实佛性、良知都指的是“真”，但几人成圣？哪个做佛？“真”是人生追求的目标，不存在绝对的真，放下自我就是“致真”，远离假就趋向真，“致真”没有终点，我们都在路上，它是我们的追求。

“致真”的途径就是知行合一。每个人都应成为“知的践行者，行的思考着”。“行”是“知”指导下的“行”，“知”是可以践行的“知”。“知行合一”指的是身体力行，这样才可以实现自我，取得成就。你批评国家、社会，你抨击儒家，提倡法家，你做了些什么？没有行就不了解真正的问题，那也不属于真知，也不会取得任何成就。“空谈误国，实干兴邦”，指手画脚不解决任何问题。东林党领袖顾宪成所撰名联“家事国事天下事事事关心”基本上就是一个伪命题，了解国家大事是应该的，但过度关心没有任何意义，表面上事事关心，实际上一件也管不了、做不到。而“致真”就是可以选择，并且能够实践的。每当处于生死存亡的关头，中华民族就会焕发出强大的生命力，这就是“知行合一”的结果，“知”和“行”都落到了实处。

匈牙利诗人裴多菲的诗中表达了“自由”的珍贵和崇高，“生命诚可贵，爱情价更高。若为自由故，二者皆可抛。”1849 年，为争取匈牙利的民族独立，诗人裴多菲战死沙场。他追求的“自由”就是摆脱奥地利的统治，自由应该是摆脱束缚后的一种状态，但我们在人生和社会中受到各种各样的限制，即使摆脱一种束缚又会受到新的限制，那我们将永远处于“不自由”的状态。我认为：自由就是有选择自己生活准则的权利，并且具有持久（甚至终生）按照这种准则去生活的能力。追求爱情、善、美等都不可能符合条件，人在任何境遇下，都可以按照“真”的准则去生活，那就是自由。这应该成为有觉悟的人的追求，也是“精英教育”人才培养的方向。

社会的功能是调节各个阶层的利益，“求大同存小异”，建立良好的社会秩序和较为统一的价值观，是“向善”的。而“致真”作为唯一的自由应该成为个人的追求目标。把社会“向善”的功能和个人“致真”的目标分开，是一条理论上可行、实际上可操作的途径，个人“致真”社会自然可以“向善”，而社会“向善”更好地引导个人“致真”。

教育的功能一旦确定为导人“致真”，就可以从“为学日益”和“为道日损”两个方面去努力。引导被教育者努力开拓思想、增长见识、不懈追求，同时意识到不断“放下自我”。“为学日益”是东西方文化共有的，学习传统文化，尤其是西方哲学，不是按照别人的思想而思想，而是知道有广阔的思想，不做井底之蛙，形成自己的思想。“为道日损”，放下自我，却是东方文化所独有的，易经中可以学习变化，佛学可以破除对自我的执著。尤其是古典诗歌和伟大诗人的经历，是一笔宝贵的财富，是“见真”的最佳途径，而读诗和写诗成为“致真”的手段。当然“致真”只是个人的追求，不要试图改良、改革和改造社会，那不是知行合一，“向善”是社会功能。这样创新和工匠精神就落到了实处。

其实导人“致真”就是引导人认识并走入精神世界。苏格拉底和友人、学生的对话是多么清新、自然、干净，在雅典城外漫步，在神庙周围的大树下乘凉，讨论的是正义、爱情、善良，没有任何功利性。这正是儒家文化所缺乏的。精神世界就是对“真”的体验，包括科学、艺术、哲学等。而精神世界是在世俗生活中吸取营养的，“致真”不能脱离生活，反而生活是检验其效果的标准。

教育者在引导被教育者“致真”的过程中，自己也一起进步，“立人”本身就是“致真”。人执著于自我，但不可能为别人执著，因此“立人”是破“执著”的最佳途径，并最终获益！《金刚经》上讲“无住相布施”的“福德不可思量”，其实就是“致真立人”能够取得不可估量的成就。教师的职责是让被教育者获取最大的利益，其水平由学生的成就衡量，就像医生的水平通过救死扶伤提高一样。“无利不起早”的人永远不会成为顶尖高手，任何行业。

德国伟大的哲学家康德说过“人是目的，不是手段”，教育工作者必须把“立人”作为目的，立人就是立己。我和华南理工大学的李烈军老师经过长期的生活和教育实践，渐渐形成了“知行合一、致真立人”的教育理念。一旦把“致真”作为人生追求和教育的目标，“立人”就是帮助被教育者实现几个层次的独立。(1) 经济独立。意味着在经济上自给自足，摆脱对他人的依赖。(2) 思想独立。意味着基本形成自己的世界观和人生观，自由思想，有主见，不再受家庭、权威和社会的束缚。思想独立是创新的前提。(3) 精神独立。精神独立是有丰富的精神世界，有自己的理想和追求，不依赖于社会地位和社会评价而存在。精神独立是坚持创新、矢志不渝的保证。(4) 人格独立。把“致真”作为人生追求的目标，任何独立的品格都是“真”的体现。

世界上没有绝对的“真”，西方极乐世界和天堂是不能证实也不能证伪的，我们认识真、实践真、趋于真的过程就是识破假、放下假、远离假的过程。就如苏轼不相信有彻底解脱一样，我也不相信完全解除束缚，但人类拥有理性，我们可以自由地选择“真”作为准则去生活。追求绝对的快乐、彻底摆脱烦恼是不可能的，“致真”没有终点，我们永远都在路上，这就是人生的使命，或说是人类的使命！

目　　录

运　河

亲 情

景　物

感　悟

赠 答

随　笔

运河

运河就在小区南门，很多人把它和京杭大运河弄混，水是从长江来的，穿过市区，当地的老人讲是护城河的延伸。来镇江十年了，去年阴历二月前住在运河南岸的小区，此后搬到北边来。有点相信风水了，从前也在运河边走，但现在觉得她美丽、温柔、智慧，成为我生活的一部分了。

有很多绝美的地方，比如杭州的西子湖、大理的苍山洱海、希腊的爱琴海，是属于所有人的。当我独自在运河散步，有时竟感觉她是上天给我的恩赐。运河就在身边，送儿子上学后，停车在路边，就走近她，当然不是每天，早晨有课、爱人要送时去不了。几天不见，就会想，而我知道，她就在那里，不会离去。

我对运河的感情，配上手机拍的图片，几乎每天都发到朋友圈里。老婆有时说我是运河的代言人，有学生问我是否每天想好写什么。相反，早晨我都是空着心去的，突然一句诗蹦入脑海，我就记下来，有时需要寻找、推敲时，就放弃了。我相信诗是表达感情的，如果搜肠刮肚，为的是辞藻的华丽，就损害了感情的真实。

春天运河是花的海洋，当然有青草、嫩柳、柔波，欢快的野鸭和鸟儿，梅花、玉兰、桃花、梨花、樱花等次第开放，几天不见就错过了一种佳丽，真是不忍，再想看可要等一年。

夏天印象最深的是清晨的急雨，雨后运河的宽阔和浑浊，还有那满眼的绿，对王安石的千古名句“春风又绿江南岸”颇不以为然，荆公不是缺少生活就是以偏概全，夏天的雨才有绿遍江南的效果。

不小心就过了立秋，渐凉的风吹皱了秋水，叶渐斑斓，结了果实，到了节气“白露”就去看草叶上的露水。秋是美丽而多彩的，粉红的蜀葵正开，淡淡的桂花香若有若无。秋是宁静、清爽、内敛的，天把水染成蓝色，浑然一体，心也就跟着空旷和高远。

运河的冬比渤海湾来得晚，天慢慢变冷，叶子渐渐落掉，但桂树一直是绿的，直到深冬柳树还婆娑着。新的一年到了，运气好会下几场雪，花开千树，寒鸦孤飞，踏雪寻梅时独听足音，想到“十面埋伏”的苍茫和寂寥。然后红梅含苞，春又来了。

就这样走着、看着、变化着，慢慢就有了感情，有时老婆问：“天天去运河边，和谁约会去了?”如果说运河是我的情人，老婆肯定不吃醋的了。志摩的诗“走着走着就散了”，谁不自私、谁没有缺点呢？金童玉女相处久了也会厌倦。但运河不是啊！她把春夏秋冬的美带给我看，她把四季如歌的乐拨给我听，美丽、温柔，一点也不做作。运河是智慧的，又不强人所难，河水静静地流淌告诉你“上善若水”，季节慢慢地变换告诉你“顺其自然”，在花开花落间就能体会到她的真。运河是静默的，就这样伴着你、看着你、包容着你，其实语言是无用的，能去直接体会的不要借助概念，这样我和她相知无言、相看不厌，也就慢慢融入了自然，有了改变。

我问路过的每个人，直到告诉我那是梨花；我每天去看柳树的叶子，到底什么时候落完；我在风雨之夜担忧着梅花、玉兰；我看到顽皮的狗儿都想和他交谈。渐渐我的心里减了愁烦，嘴里少了抱怨，不再担忧碎语闲言。我静心听每只鸟儿的呼唤，我认真看每朵花儿的鲜艳，我会被大鸟掠水滑翔惊呆，也会被碧水蓝天的壮美震撼！朋友奇怪我突然有了改变，多愁善感的我变得更加率真、自然，偶尔还会写出不错的诗篇。那是因为岁月的磨炼，也因为看透了尘世间无常的虚幻，理解沧海桑田不停地变换，当然，少不了和运河绵绵的相恋！

（一）春花

立春

立春运河边，寻春春不见。
长江冰犹残，古城枯枝断。
忽忆梅花早，停车驻足看。
嫩苞点点星，明朝春烂漫。

运河春

花开柳绿，春到江南。草长莺飞，生机盎然。
早梅方谢，又有玉兰。晶莹剔透，粉红娇艳。
迎春花黄，丛丛路边。紫星点点，足下草间。
桃夭易认，难名芳颜。运河佳丽，何止三千。
赏花何必，自家花园？

西江月·运河春

梅吐红闹枝头，柳垂绿上眉梢。
运河水阔波纹摇，两岸流连芳草。
昨日雪飘高卧，明朝花艳风骚。
身心随顺自逍遥，毁誉得失空掉。

南乡子·春行

晓雾罩轻寒，梅李淡妆弃素颜。垂柳含羞风渐软，
喃喃，踏尽枝头雀不闲。
枉过许多年，不晓梨开杏花前。无憾桃期三日短，
甜甜，聊伴春行醉春妍。

卜算子·春

柳是青丝飘，花是佳人面。
撩动心弦三月风，缠绵如初恋。
心似运河波，身似枝头燕。
淡妆浓抹代素颜，人美桃花羡。

花开运河

江南正是花开的时节，梅花方谢，桃花娇艳，梨花雪白。几天前和王哥在运河边漫步，玉兰含苞，现在落英缤纷，已要谢了。

去年恨误桃期，昨天补上，而梅是一天天看着变化的。绝代佳人，沉鱼落雁，仅给人惊艳之感；而朝夕相处就溶入了感情。但花不执著，不伪饰，更不会宽容或自私，那都是人类的事，该开就开了，该败就败了。

“智者爱水”，水是谦虚而变化的，水滋养的生物有更多的启示。春花勃勃生机，秋叶坚韧不屈，冬雪收敛宁静，夏呢？浓情热烈。繁华转眼衰败，寒苦孕育着希望，还执著什么？恐惧什么？

春来了，睁开眼，放下心，去感受吧！

花如海

梨花、桃花、樱花，都开了，海棠也急急的挣开苞，显自己的艳。走入梨花林，前后左右都是白，淡淡的香，到惢中嗅，又不见。走在河边，左一束白，右一束粉，还有迎春和连翘的黄。低头青草，抬眼嫩柳，路转满树的娇美。鸟儿欢快的应答，增添了春意盎然。走累了，去看看玉兰，未全败，落满地，枝头残。春正好，花已谢，不需怜。拼却短暂的娇艳，孕育了一冬的严寒。飘飘落下的花瓣，化作泥土滋养春天！

春心

或粉或红花艳丽，半黄半绿柳青春。
莺莺燕燕缠绵意，风皱柔波水动心。

入心

鱼因钓饵欲吞钩，划水双鸭自在游。
垂柳春风无意摆，一丝烦恼偶碰头。

暮春清晨

花衣绿裳换，鸟鸣寻不见。
扑棱水面破，圈圈涟漪散。

雨后

雨后河浊树色沉，雾遮对岸润身心。
飞鸿贴水翩翩去，雀闹枝头不惧人。

暮春

天寒兼夜雨，粉黛不堪着。
玉兰仅余叶，海棠花不多。
面缩如纸剪，落英赖草托。
幸哉春未去，油菜漫山坡。

我心·君心

春深兼迟暮，花残色不堪。
妾心悲纨扇，忧君不复还。
早历沧海遍，同暖共严寒。
相伴永不厌，岂只为娇颜。

（二）夏雨

将夏

枝头花谢路边开，红艳黄娇紫伴白。
蝶舞鸟啼春欲尽，天光水影共徘徊。

初夏

其一

游鱼自在运河长，绿遍江南柳轻飏。
婉转鸟啼蛙伴奏，满坡青草犬奔狂。

其二

江南烟雨绿葱茏，忽忆河边探芳丛。
娇艳铅华收拾尽，枝枝叶叶俱真情。

其三

独立小桥不欲行，闻啼飞鸟入林青。
蝴蝶任意随风去，水浅苇深藏蛙鸣。

静

溶入江南绿，缓行听鸟啼。
微风吹水漾，心动起涟漪。

钓

眼无蒲草动，耳空鸟啼鸣。
神聚钩连线，心随手重轻。

散步

天高抹淡云，树碧鸟啼深。
漫步无人扰，放歌不扰人。

晨雨

波起运河草色青，风摇树碧云低行。
孤飞玄鸟匆匆过，断续雨丝入小亭。

江南雨

柳丝垂露漫随风，
雨润榴花耀眼红。
芦苇摆出鸭渡水，
伞中传入鸟啼声。

风雨感怀

伞落江南雨，
树摇五月风。
河流千载事，
弹指已半生。

晨雨独行

身随急雨打伞声，
天地朦胧草色青。
足踏贱屐不惧水，
沐风历景我独行。

河边雨后

雨洗乾坤澈，河漫草依依。
树碧新出浴，叶沉露欲滴。

夏雨江南·反王安石千古名作

春风又绿江南岸，才浅荊公偏概全。
娇艳春姑千万色，夏雨到处绿江南。

我的运河

习惯了早起，熬上粥，买好饭，咖啡香苦中读诗经的甘棠，渊明的田居。只要雨不大，总要去运河走走，诗句蹦入脑海，思绪广阔无边，深树鸟鸣，绿波鱼翻，心与蝶舞，流连花间，有次一只大鸟在水面滑翔，呆了。有时想，这是我一个人的运河呢。

（三）秋水

西江月·立秋

农场天高地远，运河秀美江南。匆匆来去不觉间，谁把季节偷换？
依旧鸟啼婉转，更多蟋蟀鸣蝉。拂足小草惹人怜，路转花开一片。

钓秋

叶动凉风起，鸟啼晨更幽。
持杆明镜里，闲钓一河秋。

秋水

微风吹水皱，心动柔情生。
黛玉蹙眉怨，西施秋波横。

西江月·运河秋

数日江南不见，运河人到中年。草黄绿树已斑斓，叶落几多零乱。
沉静果实内敛，温柔秋水缠绵。莫思过往莫愁前，当下风光无限。

秋露

把秋送给你，只是几颗露滴？
芳草萋萋，白露未晞，它凝结了一夜的秋气。
晶莹剔透，毫无伪饰，它代表了我纯洁的情意。
阳光普照，白露渐已，你看那云，有我的心飘在那里！

无住

翩翩河面一白鸥，没入林中影不留。
秋水无心问去处，波平如镜自悠悠。

自然

天映水蓝水映天，
鸟飞鱼跳两无关。
微风摆柳是心动，
蝉噪晨幽似有禅。

秋鸿

翩翩水面飞鸿掠，
苦立清秋未掉头。
归路怅然惊又现，
难求可遇更难留。

逍遥游

万类霜天皆自然，
虫吟衰草树鸣蝉。
水藏自在游鱼乐，
展翼鸢飞自由天。

（中秋）节后

日升月渐隐，
雨过秋微寒。
万里云不见，
心随天水蓝。

八月桂花香

若有若无桂花香，
时断时续鸟声扬。
沧海曾经更爱水，
运河八月胜春光。

悲秋

凋自凋时开自开，
天光水影共徘徊。
悲秋骚客莫多事，
冬去明年春又来。

运河秋深

其一

黄叶头垂赖茎连，冠缨芦苇卧荷残。
人来鸭潜忽不见，凫水河中独自闲。

其二

枝头鸣雀柳丝黄，鱼跳翻花秋水凉。
对岸雾浮白点动，朦胧草木声悠长。

倔强

黄叶从容不见愁，西风无力请寒流。
纵使冬逼全落尽，明春绿又挂枝头。

(四)冬雪

不恋梁园

黄雀枝头更动听，
劝说莫恋西湖行。
梁园虽好非吾有，
日日看波听鸟鸣

独坐初冬

独坐初冬，波平如镜，鱼在水面翻起涟漪，偶见鸟在水面掠过，野鸭划水而行。悠长的鸟叫声传来，“关关雎鸠，在河之洲”，对岸树木葱茏，杂草丛生，夏天就看见白鸟悠游。想去看看，“溯徊从之，道阻且长”，即使到了，怕人的鸥鹭也会无影无踪。有的可以近看，有的只能远观，美要顺其自然！

冬日喜雨

远景朦胧眼底清，微风细雨无人行。
寒波野鸭仍嬉水，枯枝栖鸟偶嘤咛。
爱子读书才送去，贤妻采购已出行。
新装暖气烧正热，二老酣眠春意浓。

运河冬晨

云白抹天蓝，日升照大千。
河中雾渐散，心底无愁烦。
划水看鸭远，鸣枝听雀闲。
惧寒无钓叟，鱼更乐江南。

落叶

我铺满大地，静默不语，默默接受季节的更替。

不羡慕海南鲜花的艳丽，不嘲笑漠北树叶早凋于冰天雪地，我只想做好我自己。

我成长，青春充满了朝气；我变黄，那是成熟的凝聚；我落下，代表了对树根深深的情意。

啊！朋友！世界那么大，不必为我叹息。春风吹来，枝头又挂满新绿！

温柔运河

不厌阴雨也喜晴，天天最恋河边行。
春花艳丽明争宠，秋桂浮香暗送情。
夏柳瘦腰舞曼妙，冬鹂小口唤嘤咛。
沉思漫步无人扰，东去贴心水无声。

河边吟

小家碧玉，江南多情。水不甚阔，运河其名。此地僻静，唯吾独行。日升蒸雾霭，飞鸟入苍穹。心底无余事，荡胸生闲情。可以坐石上，看波平。通江达海志向，润物不图声名。希腊爱琴海，杭州西子湖，虽美莫羡，静水流东！

2016，来了！

当拉开窗帘，看到第一缕晨光。当推开房门，嗅到第一丝清凉。不经意间，听到鸟的第一声吟唱。2016，来了！

2015 的残月久久不愿退场，初生的朝阳已挂在树梢之上，纵使遍地的枯草仍布满寒霜。2016，来了！

像运河一样静静流淌，像鸟儿一样自由飞翔。意真时金龟换酒，情浓处纵马歌狂。当然，不会忘记尘世的担当。

我知道，2016，你来了！

江南喜雪

大寒夜梦饮琼瑶，弄玉凤飞伴吹箫。
广袖嫦娥舒正舞，天女散花作雪飘。

相由心生

雪月风花天地有，运河非为悦己容。
今岁眼中多景色，此心不与去时同。

雪景

夜放花千树，日出玉一堆。
清冷水凝碧，苍茫数鸟飞。

雪后有感

闲看繁华与飘零，寒风急雨常独行。
桃期恨误三天短，未负雪花一日情。

踏雪寻梅

万树梨花静，一河碧玉凝。
草亭鸦遽起，踏雪小桥轻。

物我

踏雪寻梅去，寻梅踏雪归。
独听足音响，偶见鹉鸪飞。
旭日东高起，此情难再追。
悦君君悦我，未至却示谁？

春还

叶上仍积雪，河中冰半残。
蓦见红苞嫩，细思春已还。

亲情

“人生如逆旅，我亦是行人！”“此身如传舍，何处是吾乡！”。人降生世间到离开，赤条条来，孤单单去，在世间少不了亲人的陪伴。幸运的呢，父母看你长大，你看孩子长大，执子之手、与子偕老。佛教讲亲人是冤亲债主，恩怨报偿。《红楼梦》中三生石畔的绛珠草被神瑛侍者以甘露灌溉，因此黛玉为宝玉流了一辈子的眼泪来报答。

天仙配的爱情一直是我的向往，不讲条件，互相爱慕。二十年前热恋中，女朋友（如今的老婆）分析我各方面条件都不错时，小伙伴颇为不爽！其实她吸引我的不正是模样、身高、家庭等条件吗？因此我是一个理想的现实主义者或是现实的理想主义者，并不重要，可笑的是现实的我经常会被自己的理想感动！

结婚后求学十年，聚少离多，夫人不易。在北京旧书市场淘了一本王力先生的《诗词格律》，1977 年版，试着写出自己的孤独、寂寞和炽热的感情，竟能让有的人潸然泪下。也许有人看来是无病呻吟，但酒足饭饱哪能体会挨饿的滋味？当我由纠结于辞藻的华丽，到专注于表达感情，这是“致真”的开始。缺乏“真”的“善”就是“伪善”，没有“真”的“美”就是“假面”。一首诗，文字是载体，感情是内涵，而“真”就是灵魂，没有灵魂的皮囊无异于行尸走肉，而缺乏“真”的诗作不可能有生命力。

2006 年到江苏大学后稳定下来，没有了小别新婚，天天柴米油盐，打过闹过，苦过厌过，却越来越离不开。我是“平生无所好，唯一爱诗书”，老婆呢？爱花草、猫狗、网购。“有君勤打理，换我入禅茶”，家中干净舒适，生活质量提高。其实是夫人带着我生活呢！忆新婚燕尔，周公礼毕，我兴致勃勃谈自己的想法，夫人已酣然入睡，这样最好，否则两个人都要走火入魔。生活是思想的源泉，又是检验思想的标准，为了思想而思想我不同意。

母亲是个聪明的女人，家里大事小情都是她拿主意，对我影响很大。最近母亲劝我灵活一些，不要过于实在。“知我者谓我心忧，不知我者谓我何求”，“真”已经成了我的准则和追求。前些年否定父亲，现在庆幸我遗传了他的耿直和善良，但“直”并不是“真”，还要差两点呢！而我加上两点就行了，一般人可没有这个根基。完全肯定父母，人就不会进步；彻底否定父母，人就不会自信。父母恩情，念之流涕。2015 年暑假去东京，早起睡不着，摸着儿子想起父亲，写了几句“你有一个儿子和一个父亲，你摸着你的果，想着你的根。”竟抽泣起来。后来忆起儿时给爸爸暖被窝，当写道“我们总有一天会在这个世上离去，父亲一定会记得他怀中粉红的小肉团吧，而我在离开时绝不会再留恋一丝名利。”竟泣不成声。觉得在微信朋友圈里宣泄感情不合适，就删掉了，但感情怎能删除？“树欲静而风不止，子欲养而亲不在”，没有一个人在父母去世后不后悔，可是父母在世我们考虑自己更多，执著于虚假的“自我”，怎能体会到真情？

当我明白什么才是真心爱人时，岳母已经不在人世了。开始我带着家庭的遗传和局限进入另一个家庭，碰撞就不可避免。怎么也处理不好家庭关系，甚至到了走投无路的地步。其实世上本有很多路，因为思想被局限，就找不到路了。当我领悟到对“面子”过于执著时，就已经开始放下，随后海阔天空。岳母告诉我“永远把自己当傻子”，其实世界上聪明人太多了，你弄虚作假，别人就会识破，并利用你的弱点，但是你真实地袒露自己，反而无懈可击，有些高人就会欣赏你、喜欢你。

在我眼里，老婆的家人和我的父母、兄长没有分别。王哥是我的连襟，也是朋友。他公司做得很大，和大姐一起承担大家庭的主要责任。以前我总是自欺欺人，“他们是老大，应该承担的更多”。现在总是觉得远离济南，做得太少，从不强词夺理，并且对他们发自真心地佩服。

作诗和生活一样，都需要“真”。体会不到“真”，腰缠万贯也只是活着，永远不懂什么才是生活。“我用心写下诗句，用命寻一条路；诗很少有人欣赏，路从来没人体悟”，人是目的，不是手段，当真正把人作为目的时，才能见到“真”；就像把感情当做目的去写诗，才能见到“真”一样。而华丽的辞藻同名利一样，都是假象，经不起时间的考验，终将烟消云散！

（一）夫妻情

念家

锦绣繁华地，浑然不相干。
晨醒独身苦，夜梦合家欢。
体弱妻多累，年幼子少怜。
千里共明月，恨隔万重山。

归家途中

繁星披五岭，旭日洒长江。
野碧黄牛卧，天蓝白鹭翔。
齐音闻耳热，鲁地入心慌。
夜色炊烟起，牧人伴归羊。

到家

才饮南国水，又食北地瓜。
分别虽不久，梦中数还家。
娇妻凝眸看，幼子把衣拉。
夜深人不寐，相偎说天涯。

离家

前日归何急，今日踟蹰去。幼子初识别，埋头无声泣。
娇妻未远送，怕添凄凉意。不求永福贵，但愿长相聚。

客居

江南秋风至，故里天已寒。雾中金山寺，月下趵突泉。
咫尺无谁问，天涯有依怜。小儿不识冷，多与添衣衫。

风筝 · 梦

我是你手中的纸鸢，一会儿放在天边，一会儿收到眼前，
你牢牢抓住手里的线。
我是你心中的思念，一阵儿梦在江南，一阵儿梦在海南，
你的笑容是那样的甜。

思念

（2011）

碧云天，黄花地，繁华入眼空孤寂。
身随银燕南飞远，心念娇妻归无计。
孤枕冷，无睡意，白墙画道数归期。
为何分手时倍长？一般日子两头记。

旧信

妾虽恋妆奁，不舍旧信笺。
墨迹虽已淡，字字浸缠绵。

西江月·夫妻

诗作粗看豪放，细读稍带忧伤。伴君欣喜历沧桑，咽菜吃糠也爽。
年少轻狂玉郎，时时迷恋酥娘。千里鱼雁诉衷肠，字字燃情火旺。

抚琴

广陵久不传，心动每拂弦。
勿使巴人晓，字字为君弹。

狮子吼

身在家中坐，心常游九天。
河东狮一吼，唤回尘世间。

回泉城

江南江北绿成堆，蜜语柔言妻伴随。
车载乡音归意切，心嫌高铁不能飞。

运河·爱人

春波明镜照芳颜，夏柳婆娑舞翩跹。
除却金秋无限美，寒冬共伴两不嫌。

我和你

我和你，相识在94的夏季，像一朵水莲花不胜凉风的美丽，从此来到我的生命里。我和你，远隔山水的相忆，白天你在墙上画道计数日期，夜晚梦到我是那样甜蜜。我和你，朝夕相伴的日子，携手共赏春花的艳丽，月下体会桂花淡淡的香气。

难道没有困难的磨砺，当然，我们不是上帝，但有了你，寒冷也变温暖，辛苦充满甜蜜！

忆新婚

雷峰塔顶湖山美，流水小桥画里行。
当日苏堤慵顾盼，携手春风只见卿。

心迹

河边不恋西湖游，碧玉小家自风流。
有幸今生卿伴我，不离不弃到白头。

高铁途中

离家何匆忙，傍晚过钱塘。
卿问至何处，灯火在南昌。
夜行八百里，出赣复入湘。
佳人甜梦远，随我到珠江。

小亭（赠妻）

琼瑶踏碎鸟飞惊，鸥展寒波心渐平。
怕负春风无限意，相偎相对只与卿。

（二）亲子情

东京行·沪宁线上

年轻在音乐中熟睡，痘痘将青春点缀。一米八多的个子虽然单薄，渐渐显出了熊腰虎背。

你已在慢慢接触社会，但远未体会人生百味。中考第一次将困难面对，高考将至无路可退。

想告诉你磨难其实很珍贵，又怕你对前途生畏；给你看诗作不是为了炫耀，而是让你对文化的基因信心百倍。

什么样的缘分让我们朝夕面对？那么多幸福让我们共同回味。你正如一颗太阳在冉冉升起，而我将在你的光芒中慢慢隐退，在隐退中为你陶醉！

东京行·日本桥

年轻真令人羡慕，在哪儿都可以睡熟，梦中正想着秋叶原的手拌吧！有时还微微打着呼噜。

想起五岁银装素裹的首都，想起八岁朝霞满天的旅途，手术室抱出的小肉团已经长大，和老爸相伴扶桑东渡。

在成田机场我暂时短路，你英文说得更加清楚，东京大街上喋喋不休的私语，不忘问我能不能继续走路。

你成长的经历在脑海中回顾，有幸与你同走人生的旅途，普天下的父亲都看过熟睡的孩子啊！我们都希望你们永远幸福！

朝阳

昨天你去了上海，看一个日本少女组合的演唱。卧室少了挑灯夜战的光亮，清晨在床上想着你的模样。

白皙、稚气、干净、颀长，却为没有女生喜欢怀疑自己的长相。体贴、大方、直爽、善良，正在渐渐形成自己的思想。

紧张的学习不能影响快乐，青春要像花儿一样怒放。何必心机太深，但要仔细观察、考虑对方。善良是你幸福的保障，赠人玫瑰才能手留余香。自由思想是真正的自由，会为现实插上理想的翅膀。

我没教你什么，你在选择自己成长。每天看你，都像欣赏那出生的朝阳。每一分一秒都在向上、向上，终究会发出耀眼的光芒！

（三）父母情

父亲

行直心不昧，吃亏默无言。
疼子尽孝道，伴妻度余年。

别父

犹忆春归离故园，蹒跚老父送儿还。
苍苍白发无多语，岁月无声又一年。

敬老诗二首

其一

二十四孝久不传，慎终怀远成笑谈。
子欲养亲亲尚在，佛门未入至灵山。

其二

娇妻幼子惹人怜，父母龙钟见心烦。
纵使不言三春暖，谁人不叹老来难？

分与聚

妻儿渐近爷娘远，前日归途今日还。
京口农场两头念，心中路长永八千。
山青水秀江南岸，地广天高渤海湾。
心动尚思三春暖，眼热才忆老来难。

2015 年立冬

梦中秋去醒冬还，白发双亲行路难。
无赖儿时春意暖，江南不忍自安眠。

江南好

未见常思三春暖，相伴更知老来难。
白发寒风青州站，蹒跚万里阴雨天。
膝盖屡伤仍未愈，久难洗澡因冬寒。
镇江风物天气好，养老胜过渤海湾。

思蜀

雾罩群山远，西湖倒影明。
晨风轻润面，飞鸟掠波行。
有花正艳丽，无树不青青。
贤妻双亲老，昨夜入梦萦。

大雄宝殿

大雄宝殿三尊佛，父母相偎白发多。
烦恼万般因有我，孝亲胜似念弥陀。

青州

寒风硬似铁，春水绿如油。接亲送亲处，海岱惟青州。
兄弟年渐长，父母两白头。独饮长江水，黄河入海流。

扫墓

天阴恰无雨，墓前起松风。
亲友四方来，老少皆动容。
三载多少事，无言诉离情。
想好不流泪，头磕放悲声。
站起急离去，哽咽哭不停。
王哥念弥陀，眼闭心虔诚。
烟灰漫空舞，纸钱火正红。
莫叹阴阳隔，梦中寄重逢。

焦山碑林

树碧已春深，今又至碑林。
当年秋风起，世上无斯人。

（四）兄妹情

妹在旅途

长途至江南，小妹实堪怜。
孤单无人伴，夜深抱猫眠。
晚饭要吃饱，莫与生人言。
相迎不惧远，哪怕到天边。

姊妹闲坐

姐妹晨风坐，花香伴绿茶。
闲聊百家事，绿豆与芝麻。
年幼常如此，长成少闲暇。
亲情流脉脉，浓茶渐已乏。

上当·戏作

报妹接站意，带去蟹正肥。
“蟹留着宵夜，自己打车回”

念奴娇·兄弟

（2015. 3. 12）

梅红柳绿，看运河两岸，芳草萋萋。遥忆懵懂年俱少，沐浴三春晖里。弟喜读书，兄善交际，父母爱无异。行直孝悌，哪有丝毫傲气？

人世难免别离，相隔万里，时时把君忆。诗寄只因乏联系，冰心在玉壶里。年长重情，粪土名利，此生真如寄。难期来世，今生做好兄弟！

赠王哥

身似云泥判，有缘结姻亲。
由妻兄弟分，为母始交心。
忧病急回电，安居不吝金。
大恩难遽谢，君亦是高人。

景物

王阳明为明代大儒，学生质疑他“心外无物”的论述，认为深山中花自开自落，与心无关。阳明认为，未见时心与花同寂，见到时心和花发生感应，颜色才明白起来。这就是著名的“南镇观花”的典故。王国维在《人间词话》中提出了有我之境和无我之境的概念，“无我之境，以物观物，故不知何者为我，何者为物”，但他的例子“采菊东篱下，悠然见南山”仍是有我之境。可见，诗人以我观物，心和景物发生感应，然后借景抒情，托物言情。

同样的景物，人不同、心情不同自然感受不同。17 岁到北京求学，被颐和园的景色震撼，昆明湖、万寿山如诗如画，画舫、十七拱桥平生未见，配上爽口的酸奶、轻松的心情和对大学生活的憧憬，美不胜收。渐渐发现，大学生活远没有想象的美好，自己一无所长、平淡普通，心理自卑，又不愿意承认。在纠结和愁烦中去颐和园散心，哪里有美？触目为愁，入心为忧，又平添了不能享受美景的烦躁。《长恨歌》中描述玄宗思念死去的杨玉环，“行宫见月伤心色，夜雨闻铃断肠声。”其实月和雨没有感情，伤心、断肠的是唐玄宗啊！秋天本来是个美丽的季节，心碰上“秋”就变成“愁”。可见，“相由心生”有几分道理。

现代人越来越忙碌，懵懵懂懂地行，连悲秋的时间也没有了。人们焦虑未来、后悔过去，每天在比较和竞争中度过，根本没有活在当下。江苏大学有一片梅林，有人拿它和南京的梅花山媲美，我几乎天天去看，红艳含苞、雨后滴露、蕊吐冷香、花开春暖、落英缤纷，煞是美丽！但很多学生穿林而过，头也不抬，视而不见，想的是明天的答辩还是昨天的失恋？

以前的我何尝不是这样，梅花是梅花，我是我，没有任何感应，现在梅花寄托了我的感情和思念，是梅花成了我的一部分，还是我成了梅花的一部分呢？颇有点“庄周化蝶”的意趣。

不知我从何时完成了这种转变。以前绞尽脑汁也凑不成句，最后写的也是打油诗，现在诗句会蹦到我的脑海中。今天和学生松军在江苏大学的樱花林边闲聊，湖水、浮萍、垂柳、蛙鸣，还有柔软的风和温暖的阳光，成诗一首“春水绿浮萍，东风柳色青。闲谈心内事，无意听蛙鸣。”写诗有三个要素：文采，感情，率真。“魏晋以前的诗是长出来的，唐诗是喊出来的，宋诗是想出来的。”诗人都感情丰富，古人性格更为率真，文学表现力越来越成熟，因此是“长出来的”；到了初唐，宋之问等人完善了格律，三要素相得益彰，诗歌艺术发展到顶峰，李白等人直抒胸臆，诗作似脱口而出；宋代诗人的率真渐失，苦心孤诣，因此走了下坡路。现代人为什么写不出诗来？感情还在，文采和率真尽失。其实文采是次要的，感情交流根本不需要借助文字，文字仅是个载体；率真才是主要的，只有“真”才能最好地表达感情，就是真情，因此现代人写好诗首先要“致真”。

李白的《清平调三首》是应酬诗中的佳作，文采斐然，把杨玉环写得飘飘若仙、雍容华贵，但缺少了感情和率真，毕竟不如“轻舟已过万重山”“飞流直下三千尺”脍炙人口。贾岛的《题诗后》“两句三年得，一吟双泪流。知音如不赏，归卧故山秋。”怪不得说“郊寒岛瘦”，作诗要是这么凄楚、可怜，谁还敢学？且不说根本没有那么多时间，诗是表达感情的，何必让人欣赏，没人喜欢就“归卧山秋”更有些矫情。感情不论丰富或贫乏，是人类共有的，表达出真感情自然有人欣赏，但为了喝彩而写诗有些舍本逐末。

有朋友惊讶我如“井喷”似的诗作，我一直感情细腻而丰富、略有文采，主要是因为我认识到并实践着“真”。以前感情和文字之间被“思维”阻碍着。感情即是当下，要直接表达，文不加点、笔不停辍；而思维切断了感情和文字的联系，总是处于过去或将来，不是后悔就是担心、焦虑，根本原因是名缰利锁的束缚。名利场中不可能出现伟大的诗人。李白浪漫谪仙、杜甫颠沛流离、苏轼命运多蹇、渊明难饱三餐，李后主早期作品主要反应宫廷生活和男欢女爱，题材较窄，作囚后文风大变，写出千古名篇。生活的磨砺使伟大的诗人感情愈加丰富、沉郁，根本原因是他们领悟到“真”，使感情像岩浆一样的喷发成诗词。李白是唯一的例外，他是“谪仙人”嘛！

一旦领悟到“真”，景物、感情之间就没有隔阂，触景生情、借景抒情，情景交融，以致在诗中不能把感情和景物分开。“家居田园”受了陶渊明的影响，家居中的闲适、舒缓、静谧信手拈来，不事雕琢，五言、六言、七言体裁随意，长短不拘，尽意为主。

“镇江风情”多是在古城公园写成的，每周送孩子去家教，偷得浮生半日闲，拿本书、看看风景、找人聊聊天，有时还请人伴奏高歌一曲，诗词都是无心之作。写诗是记录生活的，是生活的一部分，如果脱离生活、冥思苦想，就是缘木求鱼、南辕北辙了。

“西湖三日”全部作于2015年11月11～13日参加Microalloying’2015会议期间。赴杭高铁上想到西子湖、苏轼的名篇、扬州瘦西湖、二十四桥的月色，写下对文化的领悟。出地铁在学士路吃了“叫花鸡”，微风细雨中夜游至“柳浪闻莺”，“集贤亭”中身若浮波，西子睡意朦胧。13日上午灵隐寻幽，下午畅游苏堤，差一点没赶上返程的高铁，在高铁上发了两篇感想，次日清晨在运河边成诗三首。还达不到出口成章的地步，苏堤小桥流水，如诗如画，没有完全记录下来，有些遗憾，回来后不愿靠回忆作诗，不喜欢“想出来”的诗。

“锦绣山河”记录了从2008年至今对祖国大好河山的赞美之情。“梅花高洁”从红艳含苞开始，伴随梅花经历春寒风雨，陪花开花落，集中体现在“渔家傲·梅”这首词中。

尽管从2005年开始写诗，但绝大部分是一年来完成的。有人告诉我，如果注意平仄、修饰辞藻，我的诗会美得一塌糊涂。“诗言志”，诗是用来表达感情的，真挚是感情的根本，在“真”和“美”不能兼顾的情况下，我坚定地选择“真”。

(一)家居田园

院中

桂桔石榴叶扶疏，红黄粉白花色浓。
生菜碧绿待摘采，黄瓜爬架有收成。
细雨润物蝶不见，微风拂柳听鸟鸣。
两猫渐修秦晋好，或立或卧或同行。

晨光

手摘茉莉品茶香，身沐晨风柳轻飏。
京韵声中时漫淌，无心闲坐话家常。

春雨夜忧

心忧玉兰盼天明，春雨恼人偏不停。
簌玉浓睡知红瘦，却问旁人似无情。

闲适

春风绿树红花，老庄禅意绿茶。
落日苍穹飞鸟，猫眠妻种豆瓜。

失眠

寅时风雨后，静寂偶蛙鸣。
断续檐头水，滴出鸟嘤咛。

家居闲情

其一

精心备晚馔，茶味已不浓。无心庭中坐，清风润闲情。
天色渐转暗，柳绿花更红。偶见飞鸟过，无云在苍穹。
渐知桑麻乐，浇园妻学农。浑然不觉晚，夜色已朦胧。

其二

春深觉暑热，近岸起凉风。树绿鸟音好，花浓波水平。
我本双鱼座，运河养性灵。卿为大巨蟹，江南更多情。
近得诗书乐，喜君乍学农。静对黄昏下，悠哉似渊明。
猫龟鱼相伴，似缺狗吠声。巫山风雨后，何处不是晴？

其三

院中花艳丽，笑面妻如花。从未识稼穑，今学种豆瓜。
闲看红鹦鹉，心念大白鲨。入夜抱猫眠，春风散鸣蛙。
温柔复贤惠，一心只为家。有君勤打理，换我入禅茶。
徐娘莫愁老，夫婿眼中花。

欲雨

香橼垂柳绿屏风，左桂右桔叶葱花。
月季低处花开艳，一枝高举色不同。
布谷声中天欲雨，春深草密藏蛙鸣。
闲看乌云东流去，放下心头名利情。

仙人球

其一

月季满园栽，刺球花盛开。
蜜蜂先我起，朵朵蕊中待。

其二

秋意浓如海，刺球花又开。
蜜蜂何处去，何日再飞回？

小院秋深

蝶舞迎寒露，青桔挂几颗。
桂香花未落，韭嫩叶当割。

月季

娇艳欲滴独自开，西风冷暖入胸怀。
不求蜂舞蝶相伴，或许人闲无意来。

秋夜

夜的黑，自带丝丝凉意。虫的吟，反添几分静谧。
星的远，云的淡，无法拍下，和微风进入我的心里。

秋月

其一

蟋蟀吟不断，云中隐复还。
秋凉广似海，清辉洒江天。

其二

思君如满月，明夜月将圆。
节后清辉减，为君衣带宽。

中秋月

冰轮出海又巡天，桂下嫦娥舞翩翩。
莫羡万年颜未老，广寒宫里无人烟。

（二）镇江风情

卜算子·桃花

风硬嫩芭藏，春寒枯枝断。默默古城坡上生，平淡无人看。
苦耐数九寒，一朝花烂漫。身畔如织赏花人，昔日何曾见。

古城公园听二胡

偷得浮生半日闲，漫步古城闻丝弦。
拂面微风仍未暖，二泉映月伴春寒。

黄昏江上

落日虚空照，焦山托水流。
绵延江心岛，直认作瓜洲。

古城春色

二月桃开正月梅，东风渐暖唤春归。
蜜蜂盘桓恋花蕊，自在蝴蝶上下飞。

春日黄昏

斜阳照润州，伴影古城头。
桃艳春风暖，长江缓缓流。

北固湾

浩浩长江水，苍苍北固山。
眼中春草绿，思绪越千年。
坐断东南地，三分汉江山。
曹刘谁敌手？ 凭栏忆孙权。

春到南山

冬梅到南山挖蒲公英，我就拿本书，在这里等。花树下，小桥边，低眉绿水，抬眼青山。蜜蜂嘤嗡，鸟儿啁啾，人声由远及近，由近去远。风筝飘在空中，飞鸟不时掠过，扑腾一声，水面只见涟漪，慢慢散开。水波中，桥、亭、树清楚、朦胧、如幻。一阵风，花枝颤，是风动？树动？心动？今年真有花缘，到处是美丽、自然。心放空了，境就转了，美才能进入眼帘。否则，视而不见，一天天，一年年。

暮春即景

春暮花残绿满山，
鱼游入草不知还。
鸟啼婉转蛙单调，
无力东风送纸鸢。

焦山行宫

乾隆此处曾经停，
显贵达官鱼贯行。
日暮春风铜锁绿，
鸟啼空院翠竹青。

古城桃夭

镇江三山有名，几人到过古城。桃花期短，在华南看到木棉，就想回家看桃花正艳，无奈有事错过，但每次来都有桃陪伴。春寒藏苞，东风初绽，绿叶葳蕤，油桃绚烂，正读诗经中的桃夭，眼前和心中充满了美。

古城公园五一节

（2015 年）

春寒已退尽，暑热尚不觉。
纵目风光好，思君逢佳节。
桃花虽已谢，叶茂藏实多。
鸟啼声声脆，茶绿漫山坡。
心底无余事，风爽肤相悦。
天天是好日，此时最难得。

古城亭中

桃叶青青不见花，
风飘雨丝时润颊。
抬头偶见飞鸟过，
亭中无心翻楞伽。

天下第一江山

东吴形胜地，
江南第一州。
三山沿江秀，
百舸竞中流。
南朝金山寺，
香火旺千秋。
英雄登临处，
风光北固楼。

古城秋意

高树结黄荚，
花紫缀秋茶。
叶茂桃不见，
桂香何处发？

偶遇

亭中无意遇高人，
中阮二胡多古琴。
漫兴放声歌一曲，
蓝蓝天上飘白云。

古城秋深

秋深已降霜，
树叶绿杂黄。
闲步寒亭外，
身心浴暖阳。

（三）西湖三日

赴杭途中作

身在江南，第三次去杭州。首先想到西湖，简直就是钱塘的名片，“欲把西湖比西子，浓妆淡抹也相宜”。西施没见过，大概绝美吧！四美中只有她倾了吴国。扬州的瘦西湖毕竟不是首创，没那么大名气，但扬州有月，天下2/3的月色照着二十四桥吹箫的玉人，引人无限遐想。大牛们在镇江也留下无数诗篇，和城市一样名气小得多了。城、景、人、诗，相得益彰，交相辉映，这就是文化！

爱情故事

坐了三小时的高铁，从水漫金山的镇江来到断桥相遇的杭州，估计许仙要走个把月。四大爱情故事都是悲剧，梁祝化蝶，长城哭断，人蛇两分，牛女隔银河相望，至今王母不愿做牛郎的丈母娘。不独中国如此，杰克和露丝金风玉露相爱后永沉海底。悲剧把最珍贵的东西毁灭给人看，爱情总是短暂的，世间有很多幸福的夫妻呀？都由轰轰烈烈的爱情升华为举案齐眉、相濡以沫的亲情了。

夜西湖

微风细雨夜西湖，波动亭中身若浮。
浓淡妆成俱耐看，阴晴明日却何如？

君行早

匆匆相遇别匆匆，烟雨西湖天未明。
床铺已空君渐远，无眠昨夜论知行。

冷泉亭

冷泉池畔冷泉亭，人在亭中看鱼行。
滴水檐头点点落，无声池面叶飘零。

灵隐寻幽

西湖烟雨自多情，灵隐寻幽信步行。
入耳潺潺山泉水，抬头路转又一亭。

处处般若

不来不去西湖水，
非色非空清净心。
闻法何须入古寺，
泉流鸟唱皆梵音。

香客

烟雾缭绕客虔诚，
反求诸己心暂宁。
几人欲悟佛真谛？
几人发愿世间行？

独坐苏堤

水波洗客心，
对景忘凡尘。
雾遮青山远，
船近桨摇人。

西子湖

夜深西子睡朦胧，午后树枝遮芳容。
塔顶湖山全望尽，始知绝色自不同。

因机说教

浙江宾馆正举行佛教活动，早餐找大师攀谈，有点感想。佛度有缘人，寺庙是个平台，你认为八万烦恼和尘劳，他乐此不疲，以为度人，却令人生厌。孔子的不愤不启，不悱不发就是这道理。口口声声看淡名利的人差得远，如无名利心连提也不会提。社会上各种现象很正常，不能只看到别人眼中的刺，却不知自己眼中的梁木。每个人都有自己的追求和价值观，无所谓好坏对错，这才是丰富多彩的人生。

扯淡

灵隐寺下山搭出租，称赞杭州太美太有文化。司机讲那都是扯淡，白蛇传没有的事，断桥不断。是啊！文化都是扯淡，管不了一日三餐；忙于衣食哪有空搞那闲篇。每个人的情况不同，不存在通杀的方案，可以独立思想，不能强人所难。有时担心对学生讲多了，成为“毁人不倦”，慢慢发现，其实很少有人听见。

（四）锦绣山河

南山即景（济南）

眼底水清浅，远望雾笼山。
白鹭冲天去，灰鸭逐水还。
童子群嬉闹，老翁独钓闲。
潺潺声入耳，心醉意陶然。

宁夏中宁

天粘衰草远，地浸黄沙偏。
山势波涛涌，河如玉带缠。
羊头鲜且美，枸杞大还甜。
古寺无梁殿，不知建何年。

雁荡山

凝碧潭清深似染，龙湫飞落雾如烟。
最喜灵峰多变幻，观音洞里可登天。

雾黄山

松伸双手远相迎，泉奏离歌伴客行。
兴尽忧君不复返，漫施云雾罩多情。

观海闻浪·三亚

远望海天合，近闻浪逐波。
长安名利客，不恋富贵多。

西洲岛·三亚

快艇上西州，岛中自悠游。
去乡八千里，海南更南头。

湛江广州湾

南海广州湾，椰风金沙滩。
龙腾跨两岸，鸥展入云天。
百年湛江市，亿载湖光岩。
谁运造化笔，沃土写鸿篇。

湛江湖光岩

名为李纲起，字为沫若书。
亿年岩浆涌，今日玛珥湖。
岸沙何处来？ 水中叶不浮。
人称无底洞，出口在海隅。

从化荔枝

东坡流放地，名篇咏荔枝。
黑叶妃子笑，桂味糯米糍。
三月红摘早，本地多不食。
硕大鸽子蛋，挂绿最珍奇。

四月南昆山

清幽大丰门，连绵南昆山。
夹路藤缠树，沿途石鸣泉。
水清潭似染，风凉汗即干。
树头木棉挂，憾未荔枝丹。

三城一日

其一

阴晴变换雨遮天，沃野密林忽见山。
身伴车行心不住，画中乘兴到江南。

其二

欣喜有友昼夜谈，旧缘未断结新缘。
长珠江水一日饮，半天蓟北到江南。

樱花岭南

满目樱花红，缤纷笑暖风。
江南天尚冷，春到意未浓。

落日江南

黑瓦衬白墙，余晖洒水乡。
沿途春草绿，偶见菜花黄。

过居庸关

斜日照雄关，夹途山对山。
眼前花伴树，峰顶尽巉岩。

八达岭

荡胸生豪情，驱车到长城。
春晚树半绿，日落少人行。
极目青山远，银燕在苍穹。
踌躇苍茫里，风劲更从容。

回京

四月首都好，神清晨气佳。
天蓝树正绿，风轻飘杨花。

（五）梅花高洁

新春

昨夜品陈酒，午后看梅新。
酒陈陪父饮，梅新独沉吟。
红意枝上闹，夺目欲缤纷。
岂止春入眼？ 分明心是春。

风雨梅春

夜来忧风雨，晨起至梅林。犹忆数点绽，喜看艳成群。
枝随风摇曳，花沾雨色新。鼓胀苞欲放，垂珠滴似沉。
不见蜂飞乱，偶闻鸟啼春。何惧温骤降，我心知君心。
梅香蕴寒苦，冷艳自动人。

寒梅

江南天遇冷，春归意未浓。心挂岁寒友，无意探芳从。
鼓胀苞欲破，蕊出花瓣中。白冷缘冬雪，红艳笑春风。
莫作桃李看，神清气不同。

观梅

远望彩云起，近观花枝横。
淡红绢扎就，洁白玉雕成。
徜徉不忍去，鸟啼伴晨风。
江南春岂短？今欲携春行。

知音（丙申年情人节）

情人送玫瑰，梅花作知音。
冷香缘冰雪，烈焰映红唇。
情浓少年事，平淡我对君。
无言心相印，潇洒聚与分。

无言

独坐梅花林，春空听鸟音。
梅开树伴我，惜少懂花人。

梅

树立曾凌雪，枝横久傲霜。
花开报春暖，蕊吐送冷香。

渔家傲·梅

红艳含苞春欲破，冷香蕊吐东风弱。枝上缤纷簌簌落。
佳期过，花残色褪留枯萼。
踏雪寻梅风瑟瑟，无言相伴空心坐。夜雨心忧君寂寞。
谁似我？多愁善感情殷切。

晚梅

以为梅期已过，梅林中粉色如海。试问种花人，是晚梅。
不似早梅，洁白如玉雕，淡红似绢制，那粉红色倒如桃开。
风吹来，花瓣飘飘洒洒，雪落，蝶飞，轻灵飘逸，地面缤纷铺满，鸟啼晴空朝阳。
走入花从，落英满眼，随风拂面，天女散花般的美。

感悟

3月31日和学生侯亮去上海，他第一次来，想去外滩看看。我在宾馆读《苏轼诗词选》，欣赏美文的同时，跟随东坡出川一路漫游，刚在金山游玩，又来到杭州的望湖楼，肚子已然饿了，突然想到已经进入苏轼的世界，成诗一首：“孤身羁旅未知愁，相伴出川到汴州。黄昏留恋金山美，饭后醉书望湖楼。”晚上学生回来，说在外滩想起爹娘了，我让他试着把出现感情的环境描述一下。他回忆：自己在熙熙攘攘的人群中穿行，却不认识一个人，华灯初上，夜色阑珊，朦胧的江面上传来汽笛声。我们把这个场景如实记录下来：“外滩人海孑然行，暮色归船笛长鸣。对岸万家灯火起，眼中忽现故园情。”写诗不用冥思苦想，抓住感情出现的瞬间，记录下诱发的因素，那就是真实，就成了每个人共通的感受。

诗是表达感情的，感情产生于心和外物（环境）的交互作用。触景生情、睹物思情是感情产生的一个重要途径，借景抒情、托物言情是把感情寄寓在景物中的艺术表现。情景交融也许是引起读者共鸣的最好方式，眼中浮现出画面，自然能够进入当时的情境。直接通过文字表达作者当时的感情，就不太容易引起共鸣，除非是读者有过类似的经历和感受。“床前明月光，疑是地上霜。举头望明月，低头思故乡。”，李白的《静夜思》把最常见的“月光”和共通的“思乡”情结有机联系，遂成千古绝唱。孟郊的《游子吟》让无数人感动，谁没有感受过母爱呢？南唐后主李煜前期作品柔靡，“烂嚼红茸，笑向檀郎唾”描写私情，无甚过人之处。被俘后文风大变，“问君能有几多愁，恰似一江春水向东流”“无可奈何春去也，天上人间”，具有很强的艺术感染力。似乎哀愁、痛苦、感伤比欢乐更能引起人的共鸣，但李煜毕竟没有看透，只有像苏轼那样苦中作乐、洒脱达观的作品才会有更强的生命力。

悟道诗、说理诗主要不是用来表达感情的，传递思想是诗歌的另一个功能，六祖慧能的偈子“菩提本无树，明镜亦非台。心中无一物，何处惹尘埃。”令我辈望尘莫及。唐代诗人王维被称为“诗佛”，他的诗清新淡远、自然脱俗，具有禅意禅趣。王维号摩诘居士，出自《维摩诘经》，这是大乘佛教的权威性经典，具有极高的思想性和艺术性。苏轼在年轻时的诗作《和子由渑池怀旧》中就表现出超人的悟性，《题西林壁》更是巅峰之作，“横看成岭侧成峰，远近高低各不同。不识庐山真面目，只缘身在此山中。”把小到弈棋、大至人生的道理说得淋漓尽致。

在西湖游灵隐寺后我大发感慨，谤佛的把佛教称为封建迷信，信佛的只会焚香磕头。佛学博大精深、思想深刻，但现在传播的只是形式。文化和思想是人类可以流传的最宝贵的财富，我们把它们屏蔽掉，只注重物质和名利，无异于剖腹藏珠。领悟就同爬山一样，不同高度有不同的境界，人生的目的就是要不断提高自己的悟境。在短暂的一生中，只有死亡和悟道是质变，死亡是肉体的毁灭，悟道是思想和精神的重生，如凤凰涅槃。财富、地位、情人，只是数量的改变。但成功人士之所以成功，却都因为对生活有更深的领悟。

为什么要“悟”呢？因为人生有太多的烦恼，生老病死皆苦，“离苦得乐”是每个人的愿望。“超出三界外，不在五行中”就是超出生死轮回，不受物质障碍。六道轮回就在每个人的心中，不需外求。热恋中的情人去夏威夷度假，如在天堂；转眼争吵不休、劳燕分飞、仿佛深陷地狱。释迦牟尼佛在圆寂时告诉弟子们“以己为灯，以己为靠”，依赖别人只会增加更多的束缚。关键时刻需要善知识指点，而根本还要依靠自己。善知识不只是人，可能是一本书、一句话，或者是一枝花、一粒沙。总之，“理要顿悟，事要渐修”，其实到了程度，自然有机缘领悟。佛法难闻，对没有根基的人说法如对牛弹琴，毫无效果。生活是领悟的源泉，又是悟境的检验，《坛经》有云：菩提在世间，不离世间觉。离世觅菩提，恰如寻兔角。哲学、佛经等皆从生活中来，因人而设，不能脱离生活，生活处处给我们以启示。

但我们都是凡人，不可能像慧能闻《金刚经》开悟。经典是人类宝贵思想的精华，看书是领悟的捷径。经典不仅指佛经，易经、道德经、论语、王阳明全集、二十四史、西方哲学，等等，都包括在内。凡是人类宝贵的思想我们都要吸收，打破任何思维的局限，在思想上大胆的假设，在生活中小心的求证。最终内化成自己的一部分，这就是“知行合一”的过程。

本章标题是“感悟”，包括感情和领悟两部分内容，在生活之中把感情表达出来，把领悟记录下来，都需要文字，而诗是文字的浓缩，言简义三。我渐渐体悟到“真”，并把它作为我的准则和追求。“真”不同于“善”。“善恶”是人类社会产生后形成的价值判断，要在关系中体现，不同阶层和不同时代有不同的善恶标准。封建社会的“贞节牌坊”是对“善行”的嘉奖，现在却早已被扫入历史的垃圾堆。一个社会要协调各个阶层的关系，求同存异，形成共同的价值观和善恶标准，因此“善”体现了社会功能。而“真”是独立于时代和阶层的，“孝心”和“恻隐之心”实际是“真”，羊有跪乳之恩，兔死狐悲，并不是人类独有的，那都是真心，就是王阳明心学中的“良知”。“真”是不依赖于关系而存在的，完全可以成为个人的追求。把个人求“真”和社会向“善”的追求分开，引导个人“致真”，教育的功能得以实现，整个社会必然向“善”。而个人整天执着于“善恶”，空谈改良、改革甚至改造社会，好高骛远，未免迂阔。“家事，国事，天下事，事事关心”本身就是个伪命题，表面上事事关心，实际什么都管不了，“知行合一”是纠正这个错误认识的良方，“知”和“行”统一在“致真”的追求上，个人才会取得成就，社会才会进步。

随着对“真”的认识和实践，感情和思想就会越来越真实地表达，景物也会越来越真实地描绘，只要假以时日，诗作就会达到较高的水平。就像一个天生丽质的少女，即使不事雕琢也清新可人，而如果略加修饰，就会如杜牧所说：“春风十里扬州路，卷起珠帘总不如”。

（一）岁月无声

2011年端午节

屈子沉江日，年年至此时。
丹心照史册，鸿才遗楚辞。

晨读离骚

草长莺飞波水平，晨读离骚慕才情。
行行丹心字碧血，千古豪放第一声。

端午颂屈原

文采自天赋，帝王之根苗。
楚天极目远，忧愤恨难消。
君王愚且鲁，小人皆盈朝。
娥眉受众妒，和寡因曲高。
巫咸告我命，渔父劝逍遥。
心伤岂为己，哀民罹兵刀。
强秦国将破，山河日飘摇。
此身留无用，抱石沉波涛。
丹心照日月，年年有今朝。
人去神未朽，千古颂离骚。

2010年教师节

三尺讲台上，秋风又一年。
何须人尽知，桃李本无言。

丙申年春节

过夜同添岁，逾晨共庆春。
此时思故旧，祝君日日新！

说愁

（2014.11.7）

年少不识忧，肝肠寸寸愁。
四十秋已过，晓镜对白头。

秋分归家

中秋三日后，时正遇秋分。
昼夜同长短，渐圆月照人。

抗战胜利七十年组诗

老兵颂

填膺皆怒愤，提命抗强梁。
九死一生在，千军万马亡。
老贫身病苦，心未愧炎黄。
骨肉归尘土，不求居庙堂。
精神伴日月，千载何煌煌。
老兵永不死，中华之脊梁。

张自忠

山东重义气，热血多直肠。
委屈承重担，将军骂名扛。
请缨赴前线，誓与敌同亡。
以死示清白，至今美名扬。

王铭章

率军出川抗敌顽，不破楼兰誓不还。
孤军无援唯血肉，日军精锐两师团。
全军覆没滕州守，台庄大捷敌胆寒。
忠魂何必恋巴蜀，齐鲁更多好儿男。

抗日英烈颂

或许无儿女，谁都有爹娘。欣然赴死地，亲人哭断肠。
不会讲大义，哪知有炎黄。断头不可辱，血债血来偿。
牺牲数百万，骨肉做城墙。夜深谁不寐，与我忆忠良？！

无题

腰缠盘龙夜难眠，天色渐白思华年。
寒风凛冽披星月，旭日东升霞满天。
晨醒济钢三尺雪，春来河岸百花鲜。
头白不惧人言老，幼子长成好儿男。

行香子·秋深

秋意浓深，落日西沉。腰盘龙，手背银针。
四十三载，流水光阴。伴黄河波，珠江水，运河春。
才疏学浅，浪漫天真。动情处，落笔成文。
春花秋月，几个凡人。有糟糠妻，弱冠子，老双亲。

自嘲

才疏学浅欲何求，刚到中年已白头。
门可罗雀居闹市，寂寂无名处人流。
不关闲事染爪指，甘为家人做马牛。
难改书呆和饭桶，光阴虚度又一秋。

金物89二十年聚会

（2013.4.20）

其一

参商未见二十秋，岁月无声染白头。
把酒言欢春意暖，座中共忆少年游。

其二

碌碌尘缘数十秋，不觉霜色已满头。
满座高朋皆故旧，当时曾作少年游。

回乡咏怀

黄河流此东归海，游子客居北望乡。
天高闲云任舒卷，地远野草自青黄。
行路不闻车马闹，闲居偶见燕成双。
夜凉似水蛙声里，遥指银河话牛郎。

初中同学聚会

黄河东入海，游子客南来。
廿载未谋面，故人酒入怀。
依稀模样在，岁月染头白。
往事曾忆否？ 非为逞诗才。

恨别离·晨

飞鸟恋旧林，飘蓬亦有根。渤海亿年阔，黄河万载浑。
骨肉父母赐，血淌善与真。此一方水土，滋养我成人。
窗外天渐白，鸡犬人声闻。老父惯早起，依稀旧时晨。
鸟啼一声里，离别近一分。

故乡秋寒

近冬天尚暖，不似故乡秋。
风硬爷娘老，寒上儿心头。

三人行

故人相聚因前缘，无关风月无关钱。
往事已淡忽忆起，今日情浓思华年。
同学四载寻常见，知音一夜醉中谈。
劝君更尽一杯酒，四月杨花飞满天。

钢院

银杏天蓝耀眼明，白杨又伴春风行。
苍松日暮读书处，心动主楼少年情。

（二）情景交融

感怀

室内无心坐，窗外有乾坤。
庭院花争艳，运河树深沉。
穷通知天命，荣辱不留心。
知足无余事，逆旅一闲人。

笑东风

次第群芳艳，春风绿江南。
自然无尽藏，决胜花满园。
吟啸携春行，不再虑人言。
三餐八尺铺，何必太多钱？

与约翰游南京

东吴霸业今安在？ 太祖中山两土丘。
古寺登高忆梁武，斜阳照水静悠悠。

玉兰愁

其一

乌栖片片落，无风还自堕。
都言春雨好，玉兰哪堪著？

其二

细雨送微风，玉兰漫飘零。
明知花期短，犹恼天无情。

杂感

芳草三千里，知音无一人。
秋凉小亭下，独坐看闲云。

静坐

静坐听梵声，黄昏夜渐浓。
念头起复落，波映一河灯。

日本皇居·东京

一泓碧水映残阳，青草苍松引路长。
莫羡扶桑曰早起，神州大地正辉煌。

回老家·济青高速作

耳伴 lemon tree，沿路柳相随。
久别不为客，此去即是回。

夜宿乳源

夜宿乳源县，瑶乡见群山。
欲寻云门寺，或许有佛缘。

欢乐颂

珠江岸阔水波平，天暗阴雾罩羊城。
银燕顺心平地起，光芒万丈破云层。

乐事

晨起看花夜未眠，伴儿家教古城闲。
为君快乐买好酒，喜看弟子立堂前。

独坐

独坐秋风里，静同波水闲。
柳垂曼妙舞，鸟唱清音传。

柿

乾坤一色叶凋尽，红闹枝头独傲寒。
雪打霜侵色正艳，心胃冻彻味方甜。

桃花

粉嫩桃花艳，非因悦己容。
笑迎东风放，只为历寒冬。

秋色

春天只有花争艳，
秋日花开叶斑斓。
应似徐娘颜未老，
更添妩媚和缠绵。

冬柳

烟雨江南柳色新，
近观叶少黄难匀。
寒风犹作婆娑舞，
一笑一颦也动人。

途中

浓茶难解通宵酒，
身倦眼沉书不翻。
绿水青山春万里，
朦胧睡意到江南。

雨中

晨起雨朦胧，师生缓步行。
林深花早谢，池满小浮萍。
树立湿添碧，草堆风送腥。
小亭娴静女，偶遇谈佛经。

暮色外滩

外滩人海孑然行，暮色归船笛长鸣。
对岸万家灯火起，眼中忽现故园情。

师生情

春水绿浮萍，东风柳色青。
闲谈心内事，无意听蛙鸣。

（三）直抒胸臆

钢铁情怀

生为钢铁人，命中学冶金。
不惧千锤打，偏能耐高温。
纵使化成水，凝固仍坚贞。
生活钢意志，工作铁精神。

钢铁战士

天南地北踏同途，有缘曾读钢冶书。
工地归来市长问：为何不曾爬高炉？

致钢铁和钢铁人

天生铁矿有精粗，除氧脱碳频入炉。
钢锭凝成反复打，方为贤材世间无。

养老·家乡

城市何需论短长，排名前后又何妨。
山川处处能养老，此心安住即吾乡。

“星科杯”炼钢大赛有感

其一

星星之火已燎原，科技兴国任在肩。
虚拟炼钢兵练好，也无炉火也无烟。

其二

四年满腹冶金书，炼钢炉前却似无。
知行合一赖君力，育人模式领新途。

阳春白雪

贫居下里一巴人，偏慕白雪唱阳春。
无奈不传此调久，嘤鸣肺腑寻知音。

沪上读苏轼

孤身羁旅未知愁，
相伴出川到汴州。
黄昏留恋金山美，
饭后醉书望湖楼。

婚姻

三千弱水众，
独饮一瓢还。
冷暖自心知，
不堪与人言。

“夕阳红”长江遇难有感

夕阳无限好，江上遇狂风。
心悸船翻落，生死仍未明。
白发如父母，道中或曾逢。
世上添新冢，数家少欢声。
人生如逆旅，为何此时终。

昂山素季

面容露坚毅，不带名和利。两岁父遇刺，七十继遗志。
隐居为全身，出山为正义。久居牢笼里，自由未折翼。
人类薪火传，精神永相续。

歧路

苏州园林美，意游拙政园。
驱车入歧路，误至高铁南。
人生无对错，万事皆随缘。
与友谈甚喜，归途亦欣然。

心魔

鸢飞鱼跃尽风流，人困樊笼不自由。
春去无意多情恼，秋逢心底始添愁。

逍遥游

读史亦参禅，相佐诗与茶。
静坐游方外，羁旅如归家。
应答心不动，超然细观察。
闲云任舒卷，开落自在花。

听许巍的歌《生活不止眼前的苟且》

生活不只是眼前的苟且，还有诗和远方的田野；
生命不只是岁月的消磨，需要更多的真和澎湃的热血。
路在脚下，梦在远方，在世俗的生活中追逐自己的理想。
他人看来一年年老去，自己知道在一天天成长。
有限的是青春的容貌，无限的是自由的思想！

烧饭口占（仿唐寅）

柴米油盐酱醋茶，三餐一日不离它。
喂得小猪肥且壮，妻闲院里面如花。

咏史两首

吴

贤哉吴太伯，开国何辛劳。
哀哉不孝后，同根相煎熬。
要离杀庆忌，专诸刺王僚。
阖闾成霸业，两代国运消。

西晋

魏逼汉孤寡，晋武照画瓢。
司马忠臣少，谋多惯阴招。
二帝虏且辱，命丧数难逃。
皇后蛮夷抱，犹把君王诮。

爱水

长珠黄河岸，人生三大缘。
双鱼本喜水，家住运河边。

众乐

不惑逢秋至，气爽阅兵蓝。
同学夜宴罢，携酒与朋谈。
情多为众乐，欲少不愁钱。
名利身外物，有梦不纠缠。

灯

高飞明月近，灯火似星辰。
几盏至深夜，不灭待归人。

思李白送孟浩然

黄鹤楼下大江流，诗仙醉眼送行舟。
舟行夫子恍惚梦，烟雨杏花黄鹤楼。

闻桂思乡

处处桂花暗浮香，
散入秋风满朱方。
不似幼时荒凉地，
唯有三春暖阳光。

近乡有感

淄博广饶小清河，
垦利永安八千坡。
万里归家路渐短，
心怜人世离别多。

途中

朝离佛山暮至邯，
未入家门非禹贤。
陆上空中八千里，
半程劳累半孤单。

（四）边走边悟

洒脱人生

书中晤圣贤，常与高人谈。
闻弦知雅意，处处结善缘。

得失

失马焉知祸，得马亦非福。
塞翁今何在？ 人与马俱无。

似悟

（2015. 2. 17）

反者道之动，祸兮福所倚。
无常乃真常，红莲出污泥。

高铁途中作

窗外漆黑夜，车内灯火明。
心中有光亮，不再惧前程。

读《维摩诘经》有感

（2015. 2. 20）

其一

凡夫不思修，执著妄成佛。
有心即无我，莫把海作波。

其二

天女散花至，难坏舍利弗。
只因强分别，凡尘处处著。

其三

莫怨生末法，秽土遍娑婆。
高山不生华，污泥白莲多。

闻长辈去世，有感

春归百花尽，长辈渐凋零。
棺盖无人问，眼合万事停。
一世蝇头利，百年蜗角名。
南柯梦未醒，来去两空空。

禅

眼不见来心不烦，终南山美少人烟。
菩提烦恼本一物，淤泥深处长红莲。

齐物论·是非

此亦一是非，彼亦一是非。
顺我皆为是，逆我就说非。
万物同一理，分别就已非。
无我达齐物，不见是与非。

胸怀

莫羡百川水，日夜竞流东。
不学清泉冷，云深绕孤松。
愿伴运河景，自然历秋冬。
心明照万物，胸怀养鱼情。

春深

春深行路缓，落英实堪怜。梦醒同花落，悠忽过百年。
烦恼因思想，苦短为时间。待人留分寸，接物戒心贪。
事前不期盼，过后莫流连。情心皆不动，平淡可延年。
不做延年想，至简归自然。

心字池·东京

心作明镜照人情，人情方验心镜明。
心与明镜权设喻，无私奉献是修行。

直心

直心处世最悠闲，或语或默两不难。
若存欺人瞒天语，日思夜想苦周旋。

如如

过与不及皆伪善，思前想后已非真。
直心道场第一义，无所住生清净心。

知行

有无来世已存疑，悟道成佛哪可期？
子欲养亲亲尚在，知行合一致良知。

随缘

其一

驱车古寺觅佛缘，观景登山乘兴还。
庙宇千家同面貌，时时般若处处禅。

其二

未登佛殿亦参禅，无意天涯遇有缘。
静坐家中心万里，旅途思绪在江南。

生活

三春晖中别爷娘，遍觅恒常悟沧桑。
天纵无情岂不老？ 此心安处是吾乡。

无为

人我分别我是谁，春花欣喜秋风悲。
世间悟透无为法，何必孤庙心如灰。

发心

成佛靠缘道单传，
有教无类圣人言。
即便慧根宿世种，
不忍今生草蔓延。

道和术

世人重小术，大道不得行。
术如花开艳，道似靠根生。
扎根深入地，竿干入云层。
树高无限量，花果叶葱茏。

私欲

泥沙落尽水波清，私欲渐除心镜明。
人世营营忙名利，爷娘去后悔一生。
老来病苦应行孝，温暖三春一世情。
知易行难勉力做，良知渐致自然行。
双亲带来走一遭，蝇头小利蜗角名。

教育

十年树木百年人，
艺高园丁也费神。
润物无声嫌效慢，
拔苗助长怕伤根。
得来纸上终觉浅，
实践躬行涉世深。
群里偶发无心语，
实引学生悟君心。

不言之教

教人万般法，何如一句无。
迷时千条路，悟时归同途。

西江月·秘笈

无数箴言处世，许多心灵鸡汤。
为谁辛苦为谁忙？ 不足人心吞象。
欲练葵花宝典，首先忍痛自伤。
渐除贪婪和欲望，原本人生这样！

注：其实我是想象。

师道

鱼跳莺飞柳婆娑，清风丽日久消磨。
成灰蜡炬春蚕死，不若运河润物多。

度阴山

长城空矗立，胡马逢春还。
大胆破局限，思维度阴山。

感怀

负笈求学路，往昔在目前。
春草今仍绿，人无再少年。

松针

雪覆仍苍翠，雨滴色更新。
岁月不变易，无花只有真（针）。

乱想

不欲解脱本无缚，有求才怨付出多。
宽容是为自己好，对错休与他人说。
车到山前必有路，冥思苦想全无着。
蛙鸣伴睡鸟啼醒，晨起带狗看柔波。

诗与禅

朱方多古寺，烟雨润江南。
近水常歌咏，登山每问禅。
人俗赤子愿，才浅慕诗仙。
情满随心淌，身闲天地间。

福德

起心动念即知觉，强弱对错莫执著。
事如春梦了然去，无染胜似福贵多。

立夏有感

水镜天空阔，晨风忆李斯。
斩腰思上蔡，牵犬逐鹰时。
将死其言善，复生仍汲汲。
有我惹烦恼，心空见菩提。
亭中能避雨，壮壮枉奋蹄。

我执

股市一入深似海，
大盘涨跌把命牵。
笑谈今古兴亡事，
荣辱纠结夜未眠。
悲叹江山美人误，
情网难解疯似颠。
当局迷棋看不破，
洒脱悠哉坐旁观。
要识庐山真面目，
纵身一跳出庐山。

见闻

出门车队喜迎新，对岸乐声悲送人。
河水无声日日淌，艳阳深树鸟啼春。

赠 答

赠答诗是诗歌中一种特殊的类型，体现了“以诗为礼”“诗可以群”的特征和功能。《苏武李陵赠答诗》作为汉诗中的经典，在文学史上有重要地位。王昌龄的《芙蓉楼送辛渐》、王维的《送元二使安西》都是脍炙人口的佳作。李白性格豪爽、感情丰富、看重友谊，有很多名篇传世，如《赠汪伦》《送孟浩然之广陵》等，我最喜欢的还是《闻王昌龄左迁龙标，遥有此寄》，“杨花落尽子规啼，闻道龙标过五溪。我寄愁心与明月，随风直到夜郎西。”

赠答诗也是用来表露心迹、表达感情的。起初我试着在过年过节时写几句话，不落“恭喜发财”“新年快乐”的俗套，慢慢发现，这种形式在人际交往中很有用处。李白对汪伦说：谢谢你盛情款待，深情厚谊；显然不如“桃花潭水深千尺，不及汪伦送我情”印象深刻、隽永含蓄、回味无穷，这就是文学和艺术的魅力和感染力。随着对“真”的领悟和实践，更有利于表达自己的感情，有感而发，有感就发。

上海大学的翟启杰老师是我博士后期间的导师，德高望重、思维活跃，凡事亲力亲为，2015 年夏回上大，翟老师亲自去为学生点菜，我开玩笑：“我不会点菜，但是吃菜厉害。”翟老师很幽默：“向东，你吃菜也不如我。”饭后又为我们跑去打车，我在出租车上写下感受，最后一句是“点菜吃菜俱不如”。

泽东是我在火车上认识的老乡，聊天时他告诉我刚结婚时的艰难，为买黄豆芽和绿豆芽都要权衡。在微信朋友圈里得知他结婚十年，写了几句话，其中有“莫忘豆芽绿或黄”。现在他日子过得很幸福。水电谢师傅到我家修过管道，加了微信，有次看到他晒的书法，龙飞凤舞，挥洒自如，无意成诗，最后两句“酒酣下笔处，化作龙蛇飞”。

诗是我感情的真实流露和记录，往往一挥而就，而不会苦思冥想，完全发乎于心，顺其自然。遇到搓澡工、洗脚妹也会随手拈来，饭局中、火车上会灵光乍现，有时看到朋友圈里有好的文章和照片，也就附和几句，脱口而出，没有任何目的，偶然也会出现几篇佳作。

佛说众生平等，我也为家里的小猫小狗，河里的游鱼写过感受。前一段时间网上热传两只鹅依依惜别的照片，我写了《鹅别赋》，反响还不错。由于作品较少，又没有别的标题可以涵盖，就放在“赠答”部分吧！“人同此心，心同此理”，我们用自己的心就可以体会他人的心、甚至动物的感情，但前提是“真”。混乱、纷扰的心怎么能去体会别人的感情呢？最后只会自欺欺人。因此如果能真实地感受自己就能把握别人的心理，也许这会成为心理学研究的新方向。

西方大哲学家康德说“人是目的，不是手段”，赠答诗如果掺杂了功利性，就不会随意、洒脱。孟浩然的《春晓》情景交融、意味隽永，“春眠不觉晓，处处闻啼鸟。夜来风雨声，花落知多少。”而他的另一首诗《望洞庭湖赠张丞相》是投赠之作，也算是名篇，但“欲渡无舟楫，端居耻圣明。坐观垂钓者，徒有羡鱼情。”表现出太多的纠结和无奈。

中国曾是诗的国度，唐代几乎每个文人都会吟诗作对，当今这一文化传统几乎荡然无存。“胸有诗书气自华”，当有朋友介绍我为“文人”时，肯定就不是“钢铁博士”的头衔所能涵盖的。理工科的知识都是针对外物的，但人和人的交流是生活的一部分，为了更好、更有品味、更优雅地生活，理工科学生需要有点人文情怀。写诗在表达思想和感情的过程中，完成了反思，使人更有意识地生活，而不会糊里糊涂、懵懵懂懂。写诗让人更多得和自然、古人交流，拓展了生活空间，丰富了精神世界，而不只活在名利情的概念世界。诗人体会到更多的“真”，历史上的大诗人没有贪官污吏，也乏卑劣之徒，因为这些人昧了良知，见不到“真”。因此，读诗和写诗能让我们致真、趋善、发现美，更好地生活！

（一）师生同学

2015年教师节致所有恩师

在这个也是我的节日，想着教过我的老师。五百年的前缘换今生回眸，我们的缘分无法数计。

父母赐我骨肉，恩师教我树立。滴水之恩涌泉相报，我将把育人的事业更好继续。

蜡炬成灰太过悲凄，春蚕到死词不达意。您是我记忆中永远不老的传奇，又浮现出您盈盈的笑意。

桃李不言，下自成蹊！高山仰止，怀我恩师！见或不见有何关系，我已经成为了你。

忆肖纪美先生

（2014.4.27）

其一

创立失效所，平生著述多。
偶然赋古韵，无求喜淡泊。

其二

英才出凤凰，深造在番邦。
济世报国志，专心铁与钢。

其三

金物失泰斗，钢院折股梁。
曾有三先生，魏柯应安康？

贺柯先生百年华诞

其一（七言）

百年钢铁强国梦，一世慈柔育人情。
四海贝茵传美誉，五洲电镜聚良朋。
冶金考古辟蹊径，材料通识大道行。
金物神州遍桃李，恩师欣慰笑东风。

其二（对联）

春风化雨，沐材料后生学子，灼灼桃李满天下。
流水朝宗，仰冶金北斗泰山，赫赫精神炳千秋。

赠翟启杰老师

面容和善耳垂珠，亲历亲为护幼犊。
润物无声沾雨露，点菜吃菜俱不如。

戏赠济钢同学

貌似潘安才周郎，至今不敢回济钢。
家中醋缸仍半满，多少美人枉断肠。

赠济钢同学

丽日蓝天下，济钢众弟兄。
寒窗照影淡，热酒蕴情浓。
曾作群星聚，今独转飘篷。
阴晴多变换，思念总无穷。

赠德勤

不是亲兄弟，却似兄弟亲。相识二十载，日久结同心。
轻利重义气，感情似海深。纵使不见面，情未少一分。

赠致东

同学重情谊，致东情更浓。
它日重聚首，敬兄多两盅。

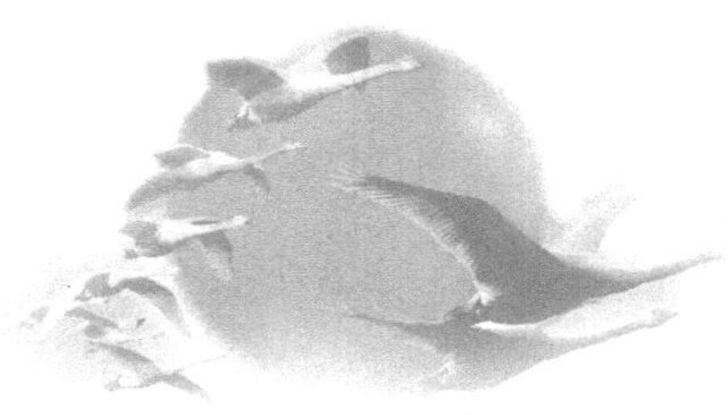

赠佃华两首

其一

人生本苦短，不见二十年。
执手细相认，依稀旧容颜。
情浓故乡酒，心暖古人言。
感君殷勤意，河北到河南。

其二

春日千里外，思君在佳节。
江南茶园绿，河北草满坡。
犹记当年饮，醉携看怒波。
暗夜浮桥过，芦苇打行车。

为江大学生写征兵口号

读书台清幽，追先贤，苦心孤诣学文化；
北固楼壮阔，慕英烈，铁马金戈保国家。

与华工学生对对联

上联：匆匆那年，聪聪面馆，一碗葱葱面
下联：闲闲今晚，贤贤汤铺，半碟咸咸汤。

七夕夜过泉城忆同学(2015)

其一

车停忆故旧，今日正七夕。
咫尺难一见，牛女何足奇？

其二

泉城多兄弟，音容俱依稀。
今晚鹊桥会，相逢定何期？

有感

愚公移山山不减，精卫填海海难干。
夸父追日日渐远，干戚猛志舞刑天。
英雄悲壮徒添恨，伟业未酬因势单。
兄弟同心金可断，三军用命崩泰山！

赠天雷中秋夜独返马来

十五中秋夜，高飞近月圆。
幼儿甜入梦，佳人应未眠。

为同学张毅发图配诗

山南

秋尽至山南，菊花独傲寒。
青山雾更远，沿路雪犹残。

山顶

山顶人罕至，无花只有寒。
怜秋尚未去，雪已报冬还。

山北

雪落山连山，朦胧雾似烟。
浑然成一色，苍茫天地间。

送小田研究生毕业

前世大有缘，三载做师生。聊备薄酒馔，众来慰离情。
身乏屠龙术，诲人唯赤诚。也有不到处，存异求大同。
黑瘦人精干，沉稳有才能。年长做表率，皆称作师兄。
今日一为别，鹏飞万里行。几句肺腑言，临行有叮咛。
华南到华东，万里为爱情。珍惜复珍惜，人生结伴行。
前程花似锦，风雨多阴晴。顺境感恩心，坚持出泥泞。
世人重小术，大道不得行。善良勤修养，时时忘营营。
宴席终要散，人生多离情。更尽一杯酒，莫忘曾同行。

排练

冬深南粤花仍暖，午后北湖风未寒。
台上七分钢铁梦，青春四载好华年。
致真立人结硕果，知行合一太极圆。
包袱频抖接地气，国隆一倒欲惊天。

（二）朋友同事

燕雀心

遥想打球满场奔，潇洒矫健斗精神。
当年慰君惹君笑，燕雀安知鸿鹄心。

炉火缘

珠钢炉火十年前，高铁赴汉北东南。
故人未老新院士，何处相逢不是缘？

离广州

今又离广州，心动泪欲流。
有友结伴生，夫复更何求。
常慕刎颈交，为君可断头。
何日缘分尽，珠江水不流。

灵隐飞来峰

顺水顺风不自矜，愈挫愈勇未沉沦。
你我已非俗境界，飞来峰上看白云。

立人梦

珠钢炉火红，江畔听涛声。
运河日初起，西湖雨朦胧。
无中怎生有，空穴岂来风？
不悔立人梦，所幸与君同。

醉酒

岭南初碰面，同乡又同年。
相见今生晚，知音前世缘。
有酒杯杯尽，无眠句句谈。
狂吐醒复睡，日已上三竿。

楚天别

黄鹤楼下汉江边，离觞未饮别楚天。
当年意气七八盏，今日知心三两言。

高铁赴泉城见胜利途中作

其一

转眼已不惑，弹指二十年。纵未天天念，何曾忘旧缘。本以生难见，日中在眼前。近日常动情，今又泪涟涟。

其二

记不起人生第一次相见，年轻时北京的校园。大学时代我的好友，多少次心与心的交谈。

忘不了毕业我俩和立谦，杯杯酒为失意和不满喝干。你们架着不省人事的我，大操场上不停转圈。

济钢延续了友谊的缘，为什么又让我们在人海中失散？夜班回宿舍你已离去，从此不见二十余年。

为什么突然眼泪涟涟？为了失去的青春华年，为了失而复得的缘，也为了许多人今生再也不见！

赠泽东结婚十年

共度十年同暖凉，多情女配有情郎。
家产万贯儿双对，莫忘豆芽绿或黄。

途径济南忆友人

泉城夜色深，车内细沉吟。
此地曾居久，为何独忆君？

茶寄师姐

君子之交淡如水，
茶甘润肺回味浓。
杯中绿叶沉复起，
片片滋润是深情。

赠友人

三九初识面，春风数度谈。
夏日依依别，西北续前缘。
兄有长者风，弟无小算盘。
千金未入眼，同心气如兰。

送别友人

北风吹雁阵，
心念远人归。
此地无春意，
南行头莫回。

赠友回乡

其一

生日回生地，景物俱依稀。
乡音或未改，思亲泪欲滴。

其二

越剧惹人醉，正逢春又归。
百花娇艳放，梁祝化蝶飞。

其三

才入嵊州心已慌，又闻越调欲断肠。
甘甜一盏艇湖水，未把浦江作故乡。

（三）人生有缘

大姐会亲家

芳春逢细雨，沙面吃早茶。
爷爷身体健，小林品色佳。
妈妈很周到，叔公舌如花。
真为姐高兴，找到好人家。

赠小林

广州繁华地，秀美荔枝湾。
言语无傲气，举止意闲闲。
亲热三谋面，感动一诗篇。
大家有闺秀，无愧在西关。

赠旅游家

激情逢盛夏，江水拍二沙。
因善终结果，菩提始开花。
南洋千顷水，西域万里沙。
今晚暂说法，明朝又天涯。

西江月·小丫

（2015. 3. 10）

挂号预约无处，网上觅到黄牛。热肠麻利小丫头，安慰我当朋友。
二至沪上未见，一寄药品包邮。知君家住在扬州，人与西湖谁瘦？

赠恒大足球学校校长

水清出世远，山碧入云深。
振兴足球梦，报国一片心。

为搓澡工撰联一幅

上联：眼中无高低贵贱，进出全是皮囊一副；
下联：手下有轻重缓急，翻搓只为污垢尽除。
横批：菩萨境界。

赠水电谢师傅

晨伴朝霞去，暮随落日归。
酒酣下笔处，化作龙蛇飞。

赠刘部长

其一

语默咸相宜，举止皆从容。
丘壑藏胸内，偶尔露峥嵘。

其二

知兄有丘壑，不晓海多深。
谦谦真君子，愚弟可交心？

赠国知

初见觉周到，再谈知虑深。
相逢为兄弟，何必太费心。

西江月·股民

股市一场大梦，跌停几度凄凉。
昨天所赚已赔光，今又割肉清仓。
疯涨只是数字，套牢又有何妨。
回头攒钱存银行，下个牛市再上。

赠洗脚妹两首

其一

广州来已久，孝感是妾家。穴位拿捏准，劳累解酸麻。
清秀貌良善，动听缓应答。诗非无因作，有缘在天涯。

其二

天涯遇有缘，沐足作诗篇。缓缓细相问，小妹似通禅。
钟到人旋走，不再听我言。笑皆忙生计，唯与陶公闲。

赠水会小妹

生在彩云南，美丽出天然。玲珑性烂漫，托腮看我言。
年轻当小妹，心未起波澜。临行细叮嘱，珍惜好华年。

（四）人类朋友

毛毛的话

三千宠爱在一身，天上掉下小魔君。原来罐头我独享，从此猫粮两半分。卧榻之侧谁安睡，妈妈抱他我揪心。也曾怒使逞环爪，亡命之徒不惜身。忆昔随心所欲日，今日翻作君与臣。人无磨难不悟道，猫不受气终天真。纵使汉唐强且富，被逼无奈事和亲。塞翁失马非福祸，怨憎相会爱离分。也该命中此劫数，生于忧患乐亡身。院中扑蝶同快乐，相安无事屡相跟。难上书橱傻呆样，心花怒放我闲蹲。全家疼我受欺负，教育多多很认真。天朝大国有气度，怀柔暴戾结欢心。

鹅别赋

荒山土道照斜阳，车下筐中鹅断肠。
屈颈抬头含泪语，一别生死两茫茫。
春波温暖共凫水，寒夜凄清独风霜。
命运多舛皆定数，人忙谋利少善良。

多多、毛毛看西瓜

二龙戏珠仅耳闻，两猫看瓜眼出神。
为何皮球是绿色，从头到尾长花纹？

猫

纵身扑飞物，蜷卧喜偎人。
恨鸟枉甩尾，寻伴欲出门。

鱼难

中流鱼乐水，跳跃弄波闲。疲倦歇近岸，美食在眼前。
兄弟赴黄泉，听说把食贪。徘徊不忍去，侥幸心不甘。
钓者见浮落，急忙牵钓竿。小鱼弃不顾，蚊蝇绕腥膻。
大鱼下锅煮，做人口中鲜。鱼生本已短，几条尽天年？

闲情

近岸心空阔，人少草依依。树高林染碧，身边花开低。
犬欢奔左右，物物皆新奇。照水偶急饮，撒欢时奋蹄。
驻足问钓者，行路观太极。闲坐小亭内，清风弄涟漪。

随 笔

我主要在微信朋友圈里写下自己的思想和感情，有时诗歌不能尽意，就会用几句话记录下当时的想法，数量不多，偶尔用韵，就姑且叫做“随笔”吧！和日记的形式有些相似。保留着中学时的一本日记，主要写于初三，当时陈老师要求，并且检查。如果说读唐诗宋词是同古人对话，那么看以前的日记就是和过去的自己交流。“为学日益，为道日损”，博士毕业十多年了，书也看了很多。什么是“为道”呢？就是放下自我。这两者实际都是“致真”的过程。

苏轼悟境很高，用《观潮》和《题西林壁》两首诗说明“为学”和“为道”再恰当不过。“庐山烟雨浙江潮，未到千般恨不消。到得还来别无事，庐山烟雨浙江潮。”，眼见为实，耳听为虚。亲眼所见有时也假，“天行健”原来是地球围绕太阳旋转。因此我们要读万卷书、行万里路，增长自己的见识。“横看成岭侧成峰，远近高低各不同。不识庐山真面目，只缘身在此山中。”弈棋有“当局者迷，旁观者清”的说法，“别人的事再大也是小事，自己的事再小也是大事。”，因为下棋、事情同“我”的荣辱得失联系起来，影响了判断，芝麻变成了西瓜。“不如意事十八九，可与人言无二三”，累不累呢？在努力求知的过程中放下自我就是“致真”，就是快乐生活的途径。

每个人都回忆儿时的幸福时光，就同亚当、夏娃在伊甸园中一样，因为那时“自我意识”淡化。世态炎凉、生活艰苦，但都同“我”没关系，所以无忧无虑。夏娃受到蛇的诱哄，亚当也吃了苹果，就同孩子“自我意识”越来越强，所以被逐出伊甸园的亚当、夏娃及其后代历尽苦难，而人的一生充满了痛苦。然后哲学、宗教都是导人向善，但摆脱痛苦恰如缘木求鱼。幼时的我有自发的“求善”倾向，但什么是善呢？我学孔融让梨、闻过则喜，穿尽量旧的衣服，压抑自己的感情不谈恋爱，其实是迎合父母和社会。早在2008年我就想这个问题，“人之初，性本善”和“性本恶”都是伪命题，“善”和“恶”的概念是伴随着人类社会而产生的，人的本性是自私，“善”和“恶”都是自私的表现，只不过“善”更多地体现了社会调节功能。

高考前的我几乎崩溃，大学四年缺乏快乐。“善”不能给我带来利益和满足，就开始自欺欺人，以“伪善”处事，在“为学日益”的过程中更加执着于自我，只会被苦恼束缚。后来接触到《金刚经》《坛经》等佛学著作，加上生活中的体悟，慢慢放下自我，“为道日损”，渐渐得到了平静和快乐。

“放下”不是不努力，没有“拿起”哪能“放下”？“放下”恰恰需要体验，放下的是比较和想象，见过“浙江潮”就会放下思维中的假象。只有拥有更多、体验更多、更加成功的人才能放下更多。但是思维惯于撒谎，总想永久逃避痛苦，抓住暂时的快感，人总是活在过去和将来，不愿直面当下。佛教博大精深，其根本是打破对自我的执著。首先认识到“我执”是苦恼的根源，然后通过布施、持戒、忍辱、精进、禅定、般若由烦恼的此岸度到觉悟的彼岸。

教师的职责是让被教育者获取最大的利益，其水平由学生的成就衡量，就像医生的水平通过救死扶伤提高一样。“无利不起早”的人永远不会成为顶尖高手，任何行业。人执著于自我，但不可能为别人执著，因此“立人”是破“执着”的最佳途径，并最终获益！《金刚经》上讲“无住相布施”的“福德不可思量”，其实就是“致真立人”能够取得不可估量的成就。

王阳明的“致良知”说实际也是“致真”，从我的经历和人类的历史发现，对“善”的追求可能会蒙蔽了“真”，但对“真”的追求一定会导向“善”。“真“是实质、根本、第一义，“善”是表象、结果，掺入了思维。谁能说“致真立人”不会促进社会“向善”呢？

自我实现

马斯洛的人本主义心理学至少不适合中国人，不可能生理、安全、尊重需要满足后才追求自我实现。文王囚而演周易，屈原放而做楚辞，孔子困陈蔡仍乐笙歌，司马迁辱宫刑竟成史记。颜回终生困顿而不改其乐，高僧抛弃一切觅无上菩提。帝王将相，才子佳人，声色犬马，人人羡慕，物欲横流，自我实现了些什么呢？中国自有活泼泼的文化，未必需要迷信西方！

道

易经云，形而上者谓之道，形而下者谓之器。孔子云，君子不器。君子要有道，道没的用处，能吃能喝？但没有精神追求，就会迷失在器世间。苏格拉底讲，没有用处的知识才叫智慧；金刚经讲，无所住而生其心。屈原说，路漫漫其修远兮，吾将上下而求索。浮士德不受梅菲斯托诱惑，走上献身人类的征途。我们民族有道的基因，并不像宗教的排他性，开放、包容、真诚、善良！

阴阳

江南的柳终于落光了叶子，但生机早已酝酿。十二消息卦中的“复”卦为十一月，地雷复的卦象是阴极一阳生，在衰败中孕育着希望。与之对应的天风“姤”卦为五月，阳极一阴生，热烈中出现寒凉。物极必反，艰难困苦中必出现转机，顺风顺水时要小心不测风云。

思想

在杭州开会恰遇佛教活动，除了我竟无一人同和尚攀谈，是不懂？不信？没时间？实在可惜。物质的本质是重量，精神的本质是自由，恩格斯说：思维是人类最美丽的花朵。把人类宝贵的思想都屏蔽了，只剩下物质的重量。了解西方哲学很必要，不是按哲学家的思想去思想，而是知道还有那样的思想，不做井底之蛙，形成自己的思想。盲从和固执同样不可取。思想来源于生活，应用于生活，为思想而思想我不同意。对错概念对人的成长有益，但会局限人的进一步发展，大胆地在思想上假设，小心地在生活中求证，知行合一即是方法，又是目标！

宗教和哲学

古今中外思想繁荣时无不战乱频仍，朝不保夕。世间的荣华富贵如虚幻不实，有思想的人就会追求永恒的真理，而大众宁愿相信彼岸的永恒。春秋战国百家争鸣，此后再没有这么长时间的离乱期。同犹太人相比中华民族怎能叫多灾多难？从上至下都相信名利的永久，想尽办法抓住保留。崇祯景山自缢，徽宗冰雪做囚、妻儿被辱，何等悲惨，何况凡人。但几人读史？几人深思？这就是中国没有宗教、没有哲学的原因。舒适安乐中无人愿意思考，放弃自我才能实现自我！

弃思维

看到深秋的多彩，就想起红叶的香山。刚入学时被颐和园的景色震撼，但香山无解年轻的愁烦。叔本华讲：痛苦是真实，快乐是虚幻。其实背后是思维的谎言。它总想永久逃避痛苦，抓住暂时的快感。结果感觉怎能抓住？痛苦不能直面。世间的一切都是虚幻，真实的是时过境迁；所有的想象都是扯淡，需要放弃思维，去直接的体验。

真

不希望，不失望，世界原本这样。不逃避，不想象，譬如饮水，自知暖凉。不嫉妒，不比较，他人荣辱，与我何妨？不焦虑，不慌张，桥头船自直，有路在前方。

如果不如意，就少说话，传递的全是负能量。凄风冷雨，自己来扛，告诉人们，雨后彩虹美丽，乌云难挡阳光！

致真和我执

冬去春来，花开花败，顺其自然，圆融无碍。不做作，不执著，不强求，不保留。乾坤无我，大化无心，故成其真。

“我”本是假，以“我”求真，岂非越陷越深；“心”本是幻，用“心”判断，更是真假难辨。不睡就醒了，放下“我执”是“致真”的唯一途径。

唐诗和禅

唐代诗歌艺术达到巅峰，同时禅宗大盛。唐诗是喊出来的，宋诗是想出来的。唐诗直抒胸臆，是真情的流露；坛经讲“直心是道场”，思前想后已非真。可见直和真是一致的，而曲和假同义。

认识你自己

妻说：人和猫都有自己的命运，但猫更可怜，到谁家或流浪根本无法改变。是啊！人有智慧，顺境时感恩，逆境时坚持，总不会太坏。但也有些人，顺利时狂妄、折腾，把一点福气败光；逆境时怨天尤人、萎靡不振，全是负能量，越来越糟。所以古希腊哲学家说，认识你自己！

反思

能不能经常反思：因为别人不理解自己而恼怒吗？别人不合己意能够理解和包容吗？能够独立思想，而不强加于人吗？能够感恩善良，而真诚地告诉她并永远善待她吗？能够平等和每个人相处，不会盛气凌人和阴奉阳违吗？能够养儿不望儿报恩，将心比心报双亲吗？

反求诸己

君子返求诸己，不是和人有矛盾找自己的过错。事情本无对错，庄子齐物论有言“此亦一是非，彼亦一是非”。放弃对错和是非的概念，不断提高自己的修养，理解别人的前提。心无半点自私，肚大能装万物。

愚蠢和智慧

佛说：见鞭影而动，良马；鞭碰皮毛而动，下之；痛彻骨肉方动，劣马。孔子说：生而知之，圣人也；学而知之，普通人；困而不知，愚人。生而知之，大概没有吧！看到别人的教训而引以为戒，是有智慧的吧！但为什么那么多人办愚蠢的事，身败名裂，家破人亡，要么是诱惑太大，要么是心存侥幸，真是糊涂啊！

是非

许多人整天忙于人我是非，通过否定别人肯定自己，家乡俗语“老鸹飞到猪腚上，看见人家黑，看不见自己黑”。你抱怨别人，他毫发无损；自己戾气越来越重；而传递的全是负能量。“来说是非者，便是是非人”，实在是不合算。每个人都有优缺点，看到别人的不足，有则改之，无则加勉；看到长处，见贤思齐，发至真心的赞美。这样才会进步。

冬至

镇江有“冬至大如年”的说法，和父母吃了饺子，晚上同爱人、父亲给去世的亲人烧纸。有人说阴阳相隔，有人讲“人死如灯灭”，一心灭儒的人定要认为是封建糟粕了。传统文化为什么重孝道、祭祖先呢？论语曰“慎重怀远，民德归厚矣”，父母有养育之恩，祖先是血脉之根，但他们毕竟没有用处了，慎重对待才可以提高民族的道德水平，不会滋生唯利是图、过河拆桥的人群。有个经商的亲戚告诉我“绝不和不孝的人做生意”，连养育之恩都不报答的人不会感恩。当然，每个人有自己的选择，我会坚决走下去，不但知，而且行。

爱一个人

爱一个人，要包容她的前提，本来各有人生的轨迹，在某一天突然不期而遇。

爱一个人，不需要任何目的，如果只剩一人饱腹的干粮，我不吃全部给你。

爱一个人，不要看重她的美丽，再美的容颜，也会随风逝去。爱一个人，不要埋怨他的老实，不够灵活没有心机，才会对你一心一意。

天地那么大，渺小的我们相扶相依。携子之手相看不厌，你随我一世，我终生相许！

想告诉你

想把美告诉你，白鸟在河上舒展羽翼，鱼儿在水面翻起涟漪，可照片来不及将这些瞬间记忆。

想把真告诉你，我把心蕴在句里，我把情溶在字里，也许你只看到词句的华丽。

想把善告诉你，我知道你是个孝子，但别忘了和父母联系，因为爸爸说儿时的我又进入他的梦里。

妻说我：你以为你是谁？这样毫无意义。是啊！我的身份卑微，可以低到泥里。

但是

人心没有高低，看人们都在忙碌，或多或少都会思考人生的真谛！

目的和手段

君不见，多少孝子贤孙眼泪哭干，花钱巨万，老人生前几人常挂在心间；君不见，多少殷殷父母含辛茹苦，心血熬干，多少都有“光耀门楣，养儿防老”的期盼；君不见，多少成功人士长袖善舞，左右逢源，忙着把不同的角色转换。

康德说“人是目的，不是手段”。孝子之名有何用？唯愿双亲尽欢颜，不必要做给人看；子女健康成长，顺其自然，最好少一点傲慢与偏见；世俗社会偶尔要戴上假面，但要保持心灵的自在、自由和自然，追求不好说的自我实现。

把人作为目的不一定会成为别人的目的，把人作为手段必定只有成为别人的手段，那请不要把世态炎凉感叹！

教育和爱人

世界上有两件事难，把别人的钱放在自己口袋里，把自己的思想放在别人脑袋里，后者犹难。教育是伟大的事业，不局限于学校。教育的目的是影响人、完善人、传递正能量，引导人自我实现，润物细无声。如果强加于人，试图说教改变人，不是拔苗助长，就是毫无效果。不能试图控制人，那是为自己；要真心爱人，帮助别人树立！

领悟

什么叫悟？一个人在所有路都堵死的情况下，要寻求自身思想的改变，从前的我死去，新的我重生，凤凰涅槃，海阔天空。

人生除了悟道和死亡是质变，金钱，名誉，情人等等都是量变。领悟是思想的改变，死亡是肉体的改变，其他的都是身外之物。

教育不是直接改变人，我们谁也改变不了，但能够帮助人完善，传递正能量。领悟是学生们自己的事，尽管痛苦，但临门一脚必须由他们自己完成。

爱

朋友告诉我：只有父母的爱不为占有，而以子女的离开为目的。我经常想：爱，是为了自己，还是为对方？夫妻都要爱对方的父母，他们把对方带到世间，抚养成人；父母也要爱子女的另一半，只有他（她）才能陪儿女共历磨难，走完人生。爱中没有是非、垢净、多少、尊卑，没有判断、比较、忍让、迁就。为了对方，那是爱；为了自己，是自私。学会爱就趋于真。

良知即真

对待父母"孝"不是根本，为了孝名就会刻意、压抑、伪饰，做给别人看，搞不好家庭关系，可能最终放弃。做给子女看，还是为了一己之私。"真"是发自内心的，没有任何目的，或者说父母就是目的，那就是良知。"真"一定不是自私的，因为自我是一种假象，放下自我才见真、致真。当我买茅台爸爸说不如马场酒时我不舒服，是为了夸赞、为了名声，那不是真。真是不勉强、不奢望、不后悔，"无所住而生其心"。这仅是现在的体会，致真没有终点，我们都在路上！

清明

早起感受到春的多彩，海棠正艳，樱花半落，柳枝结绵。突然看到有人拍地上的白花，放着许嵩的歌《清明雨上》，想起今天清明，心情就有些沉重。天阴、鸟啼、风凉、花刺眼得白，突然想起网上认识的一个老太太，乐观、热情，安慰过我，赠她一首词，有天联系她，QQ显示已去世。人生短暂，世事无常，在缅怀逝者的同时，要善待身边有缘人，也许有一天就再也不见。

世界

诗人有三个世界，自然世界、概念世界和精神世界。名利的狂喜，情人的温存，只是比较和想象，那是概念，是假象。他融入清风明月，展现真实的灵魂，自然世界和精神世界就是"真"的世界。苏轼一贬再贬，命运多蹇，仍旧达观豪放，以前不解，现在似乎懂了。

成长

早起去运河，壮壮跟着，试探着过了马路，就撒起花儿。它第一次到河边，狂奔乱跑，在草间嗅，在花里闻，看着池中水草发呆，不时在树下抬起腿，留下痕迹。我走近，它就跑远，我走远，它又窜过来，不怕丢。狗是外面跑的，到时间自然走出去，见到、听到都新鲜，没有时间叫。这就是我要的生活，一个家、一条狗、一段运河！

狗和铃铛

给壮壮买了个铃铛，简直是紧箍咒，带上就老实，不再追着猫跑，特消沉，趴在沙发上可怜巴巴看人。早晨不太爱动，可一出门就有了生气，到了河边兴奋起来，东闻西嗅，追着一只鸟跑，一时看不见，沾了一身水回来。路遇博美，短暂试探后互相追逐，玩不够，高兴了就用后爪扒土。铃铛仍挂在脖上，但浑然不觉。大圣的紧箍咒莫非是心魔？人生为什么有那么多束缚？

缘

带壮壮去运河散步成了习惯，这是不是缘？冬日的清晨我恰打开房门，而它恰在院中，在玩，还是冷？从此进入彼此的世界。能陪伴多久，我不知道，缘起缘灭，就成了因果。想到小区有条狗被压了，好几条狗围了几天，不离开。狗不比人，不说话，但什么都在，有时想，人不会说话，没准会更好。

追忆杨绛先生

人生那么短暂，百年也不是永远，尝尽世间的甘苦，空守十八年的眷恋。

遇到命中的缘，年轻秀美的江南，朝朝暮暮的恩爱，天赐“我们仨”的阿媛。

仲书写出《围城》，不是婚姻中的体验，没有鸿渐的烦恼，你给他安全和依恋。

琉璃易碎彩云散，你送走了阿媛和老钱，心如止水承受孤单，等待生命之火燃完。

“世界是自己的，与他人无关”，却有这么多人把你纪念。“我从不与人争，不屑与人争”，你欣然化作尘土，回归自然！

再忆杨绛先生

现在人们把你纪念，因你没有半句谎言。做一滴清澈透明的水珠，不羡肥皂泡的绚烂。

不久人们把你忘记，文字归于平淡，书本慢慢腐烂。毕竟，天天穿衣吃饭，岁岁时过境迁。

人类之所以高贵，是因为有种精神薪火相传。也许永不会星火燎原，但你——，为它加了一束明亮的光焰。

后　记

有天和朋友通电话，他劝我把朋友圈中发的诗歌原创出本诗集，就成了这本书的缘起。写书不过数月，朋友圈发诗不到一年，收录的诗要从2005年算起，而这本书是我四十多年人生的结晶。诗集共收录诗歌300余首和部分随笔，它浓缩了我的感情、浸透了我的领悟、展现了真实的自我。诗集中较少用典故，没有暗示和隐语，所以不加任何注释；每部分前面有文字作简要说明；后来又加了一个较长的前言，便于读者理解。

给不少朋友看过，有人说学贯中西，有人说感情丰富，有人说文采斐然，我都当作是偏爱和谬赞。但每个人都体会到“真”，我就欣然接受，诗集的主线就是这个字，年过不惑我才领悟到这个字，并且把它作为永久的追求和准则。如果见不到“真”，就证明我的平庸和虚伪，我宁可把所有的书付之一炬！

我是名副其实的理工男，而诗歌属于人文领域，时髦讲是跨界，到底选择哪种类型的出版社呢？同李烈军老师反复商量的结果，也是因为同刘小峰主任一见如故，更主要的是因为我们的钢铁缘和钢铁情结，最后选择了冶金工业出版社。

1989年被北京科技大学金属物理专业录取，17岁起我便与钢铁结下不解之缘，我的爱人、师长、学生、朋友大都在钢铁行业，我在“钢铁摇篮”中孕育，在“钢铁熔炉”里成长，到高校后又从事钢铁教学工作。我经历了钢铁行业的高潮和低谷，青春虽已逝去，热血仍在沸腾。可以肯定，我的诗歌创作深受钢铁履历的影响，而我对“真”的体悟也离不开从事钢铁的科研和实践。钢铁生产除氧脱碳、去除杂质，最终得到纯净的品质、优良的性能，这是一个“去伪存真”的过程，因此“钢铁人”对“致真”的体会最为深刻。

目前钢铁行业处于困难时期，曾经的辉煌不在，“钢铁人”迷茫和困惑，同其他行业比较，优势荡然无存。如果在比较中快乐，必然在比较中痛苦，唯一的办法是放弃比较、回忆和想象，揭穿思维的谎言，活在当下，积极进取。我写的《咏柿》诗有两句“雪打霜浸色正艳，心骨冻彻味方甜”，沧海横流，方显英雄本色。是继续坚守还是选择转型，这是摆在每个人面前的问题，大浪淘沙，“真”成了每个人的核心竞争力。《中国科技报》于3月10日整版报道了李烈军的先进事迹，企校华丽转身，五年再创辉煌，他的生命深深扎根于生活，真实地了解自己的能力和追求，蓬勃向上，积极进取，可以作为“钢铁人”成功转型的经典案例。

李烈军的励志人生引起了媒体的广泛关注，继《中国科学报》整版报道后，2016年6月，《科学中国人》封面人物进一步报道了李烈军的励志事迹。该杂志吴彪主任很遗憾地对我说：“为什么这么好的题材不是我第一个发掘的呢？”

我们都从企业来到高校，共同的梦想就是“立人”。知行合一既是方法论、又是人生观，还是成功学，李烈军本身就是“知行合一”的践行者，而我行动力不强，偏重于“知”，更多地是他带动我去“行”。我常开玩笑说：我是属鼠的，首鼠两端；你是属虎的，精力充沛，勇往直前。没有他我不可能领悟到“真”，也不会有这本诗集的诞生；而《中国科学报》和《科学中国人》对李烈军的报道，我全程参与，发挥自己读书多、爱思考的优势，尤其是对“真”的领悟，凝练出李烈军的人生精华，把“知行合一，致真立人”的理念贯注到记者的报道中。我们之间相辅相成、坦诚相见、取长补短，我们的友谊是对“知行合一”思想新的诠释和发展。可以说，我的诗集不仅属于我，是我们两个人共有的；而对李烈军的报道不仅是他的个人经历，而且是我们共同的理念和思想。或者说，“知行合一”是王阳明提出的，我们理解、实践并发展它，我们不想独占“知行合一，致真立人”的理念，它就在那里，只不过我们发现了它，真诚地想同所有人一起探索和实践，共同走在“致真”路上。

这本诗集只是我们“知行合一，致真立人”系列书目的第一部，下一本书的题目已经确定为《知行合一，致真立人》，我们将根据自己的“知”和“行”较为详细地阐释这一理念。但是“致真没有终点，我们都在路上”，相信第二本书出版之际我们会走的更远。目前我们对这一理念的思考、探索和实践，集中体现在对李烈军的两篇报道中，现在收入诗集的《后记》中，以飨读者，并且和大家一同见证，我们在“致真”路上将永远前行！

知行合一接地气　致真立人勇登攀

——华南理工大学教授李烈军的励志人生

2月16日，南粤大地春潮涌动，广东省创新驱动发展大会在穗召开，会议表彰了2015年度优秀科技成果和科技工作者。此次颁发的广东省科学技术奖项目有237项，中国科学院院士、华南理工大学教授曹镛和中国工程院院士、广州大学教授周福霖获得突出贡献奖。

特别值得一提的是，华南理工大学获得广东省科学技术奖26项，其中当华南理工大学教授李烈军以项目第一完成人的身份，从广东省人大常委会主任黄龙云手中接过“广东省科学技术一等奖”证书时，中共中央政治局委员、广东省委书记胡春华主动和李烈军握手，并殷殷嘱托、亲切交谈。

李烈军，冶金和材料专家，国务院特殊津贴专家，华南理工大学教授，博士生导师。先后主持30多项国家、省、市和企业科研项目，有18项成果获国家、省、市科学技术奖，包括国家科技进步二等奖1项，省部级科技进步一等奖7项。

身为工科教授，李烈军的科研任务十分繁重，可他依然主动请缨担任2个本科班和1个博士班的班主任，将全部身心投入到育人和科研中，深受学生们的爱戴。在学生眼里，李烈军是一位近乎完美的“好导师”“好朋友”……亦师亦友亦家人，成为李老师在学生们心中的情感符号。

2015年，李烈军和他的学生们可谓喜事连连。他主持的“高压高钢级厚壁海管开发及在南海深水天然气项目应用”项目，荣获广东省科技进步一等奖，产品已应用到我国南海天然气田开采中，推进了我国海洋能源战略的有效实施。

同年底，李烈军任班主任的2012金属材料成型与控制班参加了华工校园十佳班集体的竞选，在华工600多个本科班中脱颖而出，荣获华工“校园十佳班集体”，这是华工本科班级集体的最高荣誉。同时该班也荣获学校五四红旗团支部。该班同学共34人，除了保研、考研和出国外，其余的同学都拿到了理想的offer（工作合约）。此外，李烈军带的首批3位2013级硕士生中有2位将到华为工作，他带的第一位博士生写的第一篇论文被行业顶级刊物录用，一位博士后也在行业顶级刊物发表了3篇论文。

令人难以置信的是，2010年李烈军以一名企业科技人员的角色由广钢调到华工，而这些成绩都是他在短短五年内取得的。

华丽转身的背后

华南理工大学是直属教育部的全国重点大学，首批国家“211工程”“985工程”重点建设院校之一，进人要求十分严格。2010年，李烈军毅然辞去广州钢铁企业集团研发中心（国家级企业技术中心）主任职务，以一名企业科技人员的身份进入华工。当时朋友们都为他担心，企业领导所拥有的资源不复存在，辉煌全留在过去，一切将清零，重新开始。面对全新的环境、未知的将来，他，能行吗?

事实上，局面比想象的还要艰难，没有自己的实验室，没有经费，没有课题和学生，所有事情都必须自己做，哪怕复印一张纸都要亲自跑动。由于高校有不同于企业的评价体系，李烈军过去发表的论文和承担的项目没有一项符合当时高校的资格要求，因此2011年李烈军没有获批导师资格，这意味着他不能带研究生。李烈军举步维艰，他进入高校的决定正确吗？一般患得患失的人可能就此意志消沉，但是李烈军天生有一股不服输的精神，长期的磨练已使他的生命之根深深扎入生活，他对待困难毫无畏惧，愈挫愈勇。

评导师需要论文，他开始写，一年内发表了5篇高水平的论文；导师的资格要项目，他开始申请，从策划、组织、撰写、修改、打印、装订等，所有的一切都由他一个人完成，一年内申报并获批了6项课题；社会服务也是高校的职能，他开始调研，广东的金属材料加工行业跑了个遍。如果说2015年是李烈军的丰收年，那2011年就是他的开局之年，他拿出拼命三郎的劲儿，每天只睡不到6小时。

“时间不等人，岁月不饶人，我一年必须干五年的活。”李烈军这样告诉《中国科学报》记者。功夫不负有心人，由于业绩突出，2012年6月，李烈军同时获批硕导和博导资格。他坚信“办法总比困难多”，怨天尤人没有用。在企业体制下，他如鱼得水；在高校体制下，他又取得了开门红。

彭政务是2011年别的导师招的研究生，2012年转为李烈军的研究生，正式成为他的“开山弟子”，并为他的个人魅力折服，2013年转为他的博士生，并立志做老师那样的“钢铁人”。李烈军虽然生活中对学生宽松，但学业上要求十分严格，既不能浅尝辄止，更不能弄虚作假。彭政务告诉记者："看到同级的博士生都已有文章发表，我很着急，但老师要求我对实验结果不断深入、反复验证，绝不能把有问题、不成熟的东西拿出去。但当去年老师鼓励我把第一篇文章投到行业顶级期刊 MSEA 时，我还有些担心和缺乏信心，结果文章很快被录用、发表，真佩服老师的科研水平和敬业精神！"就是在李老师这样的严格要求和悉心指导下，他带的学生们厚积薄发，2015 年内发表了 10 篇英文学术论文，其中 6 篇为 SCI 索引。

李烈军的科研能力、敬业精神和立人情怀很快名声在外，因此报考时倾慕他的学生很多。

李烈军并没有停下脚步，他发挥整合资源能力强的优势，以先进金属材料研究为方向，将单一的材料研究，拓展到集智能制造、自动控制、仿真等为一体的系统研究，打造多专业、跨学科、有特色的研究团队，并与北京大学、清华大学、中国科学院等高校和科研院所合作，同时和一批行业领军企业建立了紧密的联系。李烈军围绕着国民经济和国防工业对新材料的要求不断探索、不断突破、不断超越。

此外，李烈军兼任了广州（越秀）博士联合会会长、广东省企业品牌促进会副会长、韶关市华工高新技术产业研究院院长等社会职务。近年来致力于把高校的智慧与社会对接，有效地推动了高校的成果转化为社会生产力。由于李烈军服务社会的突出贡献，他荣获了 2013 年美丽南粤——广东年度贡献人物。

江苏大学副教授霍向东和李烈军有着长期的科研合作关系，他告诉《中国科学报》的记者："我们的缘分从 2000 年我读博士期间到广钢做课题开始，起初只是觉得他基础扎实，实践经验丰富。但越接触越感觉"仰之弥高"，李烈军具有很强的把握科研方向、整合资源、管理和创新能力，同时有丰富的工程背景和教育科研经历，五年前到华工，如今建立了有特色、跨学科的科研团队。"'韩信将兵，多多益善'，越大的平台越能发挥他的优势，我很难想象五年后、十年后李烈军会取得怎样的成绩。"

李烈军是个特别感恩的人，在采访中他反复强调："我的成就离不开改革开放大环境，离不开各界朋友的支持，离不开武汉科技大学、北京科技大学和上海大学的培养，离不开广西河钢和广钢的锤炼，离不开华工这个大平台。华南理工大学为我提供了宽松的科研环境，华工机械与汽车工程学院和国家金属材料近净成形工程技术研究中心为我创造了良好的科研条件，当然，还要衷心感谢华工各级领导和师生员工对我的帮助。"

又到了木棉花开的季节，华南理工大学那高耸的木棉树和硕红的木棉花，不正象征着李烈军蓬勃向上和生机勃勃的精神吗！

放弃是为了更高的追求

李烈军常自谦地说自己不聪明，但他从不安于现状，勇于挑战自我，不懈追求人生目标。李烈军的人生旅途并非一帆风顺，他出生于广西玉林一个普通家庭。经历了三次高考，1977 年读高一时在老师的鼓励下参加“文革”结束后第一次高考，落榜；1978 年，考上中专，他毅然决定放弃；1979 年，他被武汉钢铁学院（现武汉科技大学）录取。

大学毕业后，李烈军被分配到位于广西偏僻山区的三线军工企业——广西河池钢厂，本来可选择到舒适的技术科工作，可他主动要求到一线当炉前工。李烈军干遍了炉前 6 个岗位，21 岁就已成为全厂第一个大学生炼钢炉长。6 个月后，他又凭着名列第一的劳动竞赛成绩，当上了“8 小时厂长”——生产值班主任，指挥着从原料、冶炼到铸锭等工序一百多人的员工队伍。这位勤奋好学，吃苦耐劳的年轻大学生让领导和工友们刮目相看。

如果李烈军当年在大家一片看好声中继续干下去，也许人生轨迹将就此改写。彼时，改革开放的春潮已呈席卷神州大地之势，李烈军的心里也涌动着涟漪。他认为自己的未来不应该局限在这深山里，要走出去拥抱更广阔的天地。

那时研究生凤毛麟角，李烈军选择了考研，继续深造。前两次他都铩羽而归，而面对每一次失败，他都会“自虐式”地调高下一次努力的目标。“有志者事竟成”，他终于被录取了。1987 年，李烈军考上了我国钢铁行业的最高学府——北京钢铁学院（现北京科技大学），这当中是怎样的自信和坚持啊！

北京深厚的文化底蕴和校园浓厚的学术氛围令其陶醉，极大地开拓了李烈军的视野。凡事喜欢刨根问底的他，潜心扎入了钢铁冶金知识的海洋，刻苦的钻研使他炼就了扎实的理论基础，智慧的火光被不断擦亮。在北京读研期间，李烈军的学术水平突飞猛进，而且他一有空闲就去各大院校参访，为他以后从事科研打下了雄厚的基础。

1990 年，李烈军以优异成绩分配到广钢集团工作。他怀揣着钢铁情怀来到改革开放的南大门——广州，成为广钢集团 16000 多名员工中的一员。当时广钢的研究生只有 5 人，他凭着扎实的理论功底和丰富的实践经验，很快成为广钢钢研所技术开发部部长。又一次惊人之举，他要求下工厂一线，没有位置就从普通技术人员干起，3 个月成了厂技术科副科长，4 个月后当上厂长助理，5 个月后当上了副厂长，走上了重要的一线领导岗位。此后他成为广钢集团研发中心主任，教授级高工。2006 他又成为了第一位来自工业企业界、由省长颁发聘书的广东省科技奖评审委员会委员。

在广钢 20 年李烈军主持了一系列的技术开发工作并取得了辉煌的成就，从一位普通的科技人员成长为集科研和管理于一身的综合性人才，特别值得一提的是，1997 年李烈军作为“大亚湾岭澳核电站工程用钢项目”炼钢负责人，成功开发了岭澳核电站工程用钢，并一举中标“大亚湾二期岭澳核电站工程”，使广钢成为该项目唯一的钢材供应商。而在此之前，大亚湾一期工程所需钢材全部依赖进口。在广钢工作期间李烈军到上海大学攻读了博士学位，学术水平得到了质的飞跃。由于李烈军在广钢期间的杰出贡献，他荣获了广州钢铁工业五十年杰出人物、广州市优秀专家和国务院特殊津贴专家等各种荣誉。

2010 年，已接近“知天命”之年的李烈军又一次选择放弃，从广钢的科研骨干到华工教授，他又一次完成了人生角色的重要转变。他的人生充满了戏剧性，三次高考，三次考研，三次放弃。他放弃了广西河池钢厂看似光明的未来；放弃科长的位置做了一线技术员；放弃广钢的领导位置到高校做了一名普通教师。表面上看，他放弃的是别人渴望的工作和生活，而选择的是未知的将来；而实际上，这才是他充满智慧的人生选择和勇攀高峰的人生追求的真实体现。

面对未知，李烈军没有丝毫恐惧，因为他的生命之根深深扎入生活，因为他坚信“未来一定比现在好”。李烈军没有特殊的家庭背景、没有特殊的运气、甚至如他所说没有特殊的智力，但他的每一次放弃和每一次选择，他都再创人生高峰。正应了那句：放弃是为了更高的追求！

梦圆教育，立人情怀

李烈军的人生还会再一次放弃吗？是否还有更高的追求？他回答：“教育是最伟大的事业，我通过帮助学生成就实现自我的价值，这是我人生的归宿啊！我热爱教育，并享受教育的过程。”

李烈军是个很真实的人，从不伪装，也不会掩饰，他坦言自己在“立人”过程中收获了快乐，如果单纯牺牲自己、无私奉献，绝不可能产生对教育事业由衷地热爱。“立人”始终是李烈军的理想，他的特点是开放包容、真诚待人，从炉前工开始，他就努力帮助别人，成为企业领导后，他想尽一切办法帮助员工成长。进入华工不久他请缨做 2012 级金属材料成型与控制班的班主任，很多人不理解，已经是教授、博导了还去当班主任，做孩子王要投入大量的时间和精力，又不能马上见到成效，图什么呢？李烈军说：“能够塑造人是我梦寐以求的事情，看到学生成就是我最大的成就。”

在班长廖结莹眼中李烈军精力充沛，处处传播正能量。在接受《中国科学报》采访时，她不吝溢美之词地称赞着自己的老师，“李老师就是同学们人生路上的灯塔，照亮了我们前进的方向。”

廖结莹告诉记者，自己的老师非常负责任。“新生入学刚到大学城报到时，同学们见到的第一位老师就是班主任李老师。李老师对学生一视同仁，严抓学习纪律，大三学年全班无一人次挂科。李老师经常请社会名流给我们开主题班会、办讲座，开展素质拓展活动，仅去年暑期就带我们参观学习了10多个珠三角的名企。”我们班的学生很多都是从外专业调剂来的，原先不很自信，李老师经常用自己的经历和成功激励我们，并无私地提供帮助，我们感觉自己每天都在进步。”

好友霍向东讲了一件令他印象深刻的事情：2012年11月两人约好到马鞍山参加“第七届全国高校冶金院长论坛”。可是，直到次日凌晨2点，李烈军才风尘仆仆地赶到下榻的宾馆。原来，为了不错过同学们的新生文艺汇演，李烈军看完班上同学们的表演才半夜里驱车前往广州白云机场，赶飞南京的最后一个航班，不巧飞机还晚点了。即便如此，稍作休息后他又神采奕奕地参加会议。“即使精力再充沛，也是50岁的人啊！”霍老师感叹道。

注重实践是李烈军的一大教育特色，李烈军带的第一批3位硕士生将于2016年毕业，其中牛建伟和刘海军已经同华为签约，作为材料加工专业的研究生，能被华为录用是相当不容易的。牛建伟说：“我入学时来自一个普通的本科学校，并不自信，李老师从各方面帮助我成长，和华为签约主要是在老师提供的企业实践平台上，我能有更多的机会弥补不足。”刘海军告诉记者，当他在企业实践遇到困难、情绪低落时，李老师总是通过言行启发他“方法总比困难多”。

在学生眼里，李烈军是一个有梦想有情怀的人，并且富有激情。他热爱工作，同企业和科研院所有广泛的合作，善于整合资源，更乐于和他人分享，实现共赢、多赢；他热爱学生，对学生倾注了浓郁的感情，华工“我最喜爱的导师”之殊荣见证了李烈军的赤诚真心；他热爱生活，经常组织户外活动，例如篮球羽毛球比赛、爬山登峰、参观恒大足球学校等，提高了团队的凝聚力。2015年7月，他带领课题组20多名师生参加了在贵阳召开的“中国材料大会”，并且特意去龙场驿的阳明洞，寻找阳明精神，体会王阳明的“知行合一”，丰富自己的教育思想。

博士生胡玲感受最深的就是李老师博大的胸怀和积极向上的心态，并且从不满足，一直在努力完善自己。2016 年即将毕业的研究生郭如峰有思想、爱学习，但在课题组不是很活跃，李老师选择去恒大足球学校参观的时机让他来组织活动，后来他变得阳光、积极了。李烈军有自己的教育方法："教育的目的是帮助人、完善人、传递正能量，引导学生去领悟，我从不强加于人，临门一脚必须由学生自己完成。"这就是"润物细无声"吧！

已出站博士后高吉祥教授级高工介绍："从广钢到华工，我一直追随李老师，就是因为李老师富有大智慧大情怀，犹如一座宝藏，总有我挖掘不完的智慧之金石，人生财富。"

"别的老师只是告诉学生大海的方向，而李老师则把我们带到海边，任大家捡拾自己喜欢的贝壳。"博士后孙海波以散文般的语言描述李烈军帮助学生成长的情怀。

2015 年 12 月，李烈军所带的班级荣获华工"校园十佳班集体"。作为志同道合的好朋友，霍向东见证了华工"校园十佳班集体"评选的全过程，他回忆道："李烈军和同学们把大学四年的生活浓缩成 7 分钟的舞台表演，在决赛现场引起了轰动。最后一幕毕业留念，同学们想起班里最重要的一员，纷纷呼喊'李哥，李哥'，学生对他的敬爱和亲密之情让我这个当老师的都有点嫉妒，自愧不如。"

霍向东告诉记者，他们在长期的科研合作和教学实践中渐渐形成了"知行合一、致真立人"的教育理念，而李烈军自身就是对这一理念的最好诠释："'知行合一'就是接地气，他永远扎根生活，并把这种精神溶入他的教育思想。李烈军具有包容、激情、细心等优秀品格，无私爱护每一个学生，引导他们从平凡走向卓越，这都源自他博大的"立人"情怀，当然"真"已经溶入他的血液，进入他的灵魂，体现在他教书育人、科研创新和日常生活的方方面面。"

李烈军谈到对高校如何落实"创新驱动发展战略"时认识，"现在创新已摆在国家发展全局的核心位置，李克强总理提出到 2020 年我国要迈进创新型国家行列。看似创新以企业为主体，实际人才是创新的根本，高校就成为创新的源头，'问渠哪得清如许，为有源头活水来'。目前在校的本科生、研究生到 2020 年就是社会的中坚力量，因此高等教育的责任重大。"

谈到高等教育，李烈军有自己独到的见解："人才培养就是帮助学生实现几个层次的独立。经济独立，有一技之长，'授人以渔'；思想独立，勇于挑战权威，才能不断创新；精神独立，不完全依赖于社会评价，才能‘板凳要坐十年冷’，坚持创新，矢志不渝；最终要使学生完成自我实现，达到人格独立。”

“华工的校训‘博学慎思明辨笃行’正是帮助学生树立的途径。既要广泛学习，又要践履所学，这不正是‘知行合一’嘛！否则好高骛远，落不到实处，就流于空谈了。”

他继续说，“我和霍向东经过长期的摸索和实践，认为‘知行合一’的落脚点是‘真’，科研追求真理，在社会上真诚待人，并且真心明白自己的追求和兴趣所在，不自欺欺人，坚持科研创新。‘真’就是‘立人’的灵魂，创新的保证。”

最后李烈军谦虚地说：“这只是我们的一家之言，抛砖引玉吧！我们还要继续探索和实践，和国内外同行交流，影响更多的人关注教育、研究教育、献身教育，为高等教育的发展尽绵薄之力，为迈进创新型国家行列尽绵薄之力。”

这就是真实的李烈军，从广西玉林走出的寒门学子，怀揣着对生活的热爱和对事业的追求，破茧成蝶，披沙拣金，从一名大学生炉前工成长为新一代冶金和材料专家，从一名企业领导跨界成为优秀的大学教授。

李烈军的经历也许称不上传奇，成就难言最为辉煌，但他的生命深深扎根于生活，伴随着改革开放的春风成长，实现一个又一个目标，完成一次又一次超越，脚踏实地，志存高远。“笋因落箨方成竹，鱼为奔波始化龙”，只有在这片古老而生机勃勃的神州大地上才会出现这样精彩的励志人生，正是无数这样的精彩人生描绘着绚丽多彩的伟大中国梦！

（转自《中国科学报》2016年3月10日8版，记者朱汉斌）

千锤百炼心系立人梦
知行合一身在致真途

——记华南理工大学教授李烈军

他是这样一个很特别的人：

他是从普通家庭中走出的天之骄子。生活的磨难并没有消退他身上的锐气，相反，他却越挫越勇，越战越强；

他拥有最炽烈的钢铁情怀。大半辈子奋战在钢铁第一线，是同事公认的“技术能手”“攻关能手”“创新能手”，为推进我国钢铁技术的发展攻克了一个又一个难关；

更难能可贵的是，他还拥有最本真的育人情怀。“百炼成钢”后，出乎所有人意料之外，他决然转投三尺讲台，从头执笔写春秋，只为将他从丰富人生阅历中提炼的“知行合一，致真立人”的教育理念撒播芬芳。

钢铁的锻造，雨露的撒播，一刚一柔，他完美地将二者融合，刚柔并济，哺育下一代，润物细无声——

上篇：万丈豪情万里路钢铁熔炉钢铁魂

红旗卷烈焰，钢花齐吐艳，钢铁工人钢筋铁骨，挥汗夺钢冲在前，踏平滔滔恶浪，熔化万座铁山，自力更生奋发图强，壮丽山河更灿烂……

——摘自电影《火红的年代》主题曲《钢铁洪流永向前》

钢铁少年蜕变记

时光倒回到30多年前那个火红纯真的年代。

当17岁的李烈军手握武汉钢铁学院（现武汉科技大学）录取通知书的时候，他油然而生一种“铁骨豪情真男儿，满腔热血终得志”的幸福感。要知道，这一志愿，是他在父母希望他填报师范类高校的情况下偷偷

"填写"的，只因他从小就种下的钢铁梦想。在那个血色浪漫的年代，《钢铁是怎样炼成的》中保尔柯察金为革命无悔献身的精神，《火红的年代》中赵四海作为钢铁工人的光辉形象，撞击着他幼小的心灵，引领着他前行。

李烈军出生于广西玉林县仁东公社一个普通家庭，母亲是乡村小学教师。农村的艰苦生活，赋予他隐忍向上与坚韧不拔的"硬气"；母亲给予的教育，使他比同龄孩子更早拥有丰富的知识、开阔的视野和对幸福生活的向往。世界那么大，他想去看看……

改革一声春雷，当1977年国家开始恢复高考的时候，刚读完高一的李烈军就与哥哥姐姐们一起涌入到高考的千军万马中"小试牛刀"，一次不行再试，二次放弃进入中专的机会再试，直至第三次顺利地圆梦大学，圆梦钢铁。当"得志"的李烈军拿着通知书自豪地告诉父母他要到武汉钢铁学院上大学、立志成为国家栋梁的时候，朴实无华的父母也为他感到高兴。就这样，李烈军从此踏上了他的"钢铁征程"。而这人生中的第一次"一波三折"亦如第一次攀爬人生阶梯的初体验，让他在走向外界的的第一站中就收获了自信、勇气和坚韧。以后的岁月尽管坎坷，但他亦能愈挫愈勇、越战越强。

从农村小地方初次来到"九省通衢"的大都市武汉，李烈军的面前是一个广阔的世界，到处都充满新奇。他像蜜蜂采蜜一样贪婪地汲取知识。强烈的求知欲、旺盛的精力和良好的适应性使他迅速成长。学习之余，李烈军走遍了武汉的各个高校、风景名胜、大街小巷；看遍了当时流行且反映时代主旋律的各种电影、书刊等，并挤出饭钱同时订阅了《大众电影》和《参考消息》，这在当时的大学生中特别少有，这寄托了他对生活的热爱和对知识的渴望。

人生总是充满戏剧性。如果说李烈军的大学生活是一部快乐的青春成长曲，那么，他开启的第一份工作体验则是一部饱含汗水的磨砺成长史。

大学毕业后，李烈军被分配到广西偏远山区的三线企业——广西河池钢厂。那里条件艰苦，环境闭塞，两个小时才有一趟专车到二十公里外的城镇。普通人在强烈的落差面前也许会心灰意冷、萌生退意，但是素来沉着乐观、自信坚定的李烈军并没有被艰难困苦所吓倒。他甚至放弃了到舒适、安逸的技术科工作，主动申请到条件最艰苦的炼钢分厂当一线炉前工，吹氧、扒渣、加合金、取样、测温……

是金子总会发光，干遍了炉前工6个岗位后，21岁的李烈军成为全厂第一个大学生炉长；6个月后，又凭着数一数二的劳动竞赛成绩，他当上了“8 小时厂长”——生产值班主任。这位勤奋好学，吃苦耐劳的年轻大学生让领导和工友们刮目相看。

在李烈军崭露头角，即将迎来人生一片坦途之际，他却想到了要离开。离开并不是因为那里艰苦的条件，而是闭塞的深山里实现不了他的梦想。他向往更大的舞台，他要走出去拥抱更广阔的天地。

为此李烈军毅然选择了考研，又一次挑战自我、挑战命运。那时研究生凤毛麟角，目标看似遥不可及，途中必定荆棘密布。单位不支持，他拿出优异的工作成绩和谦逊的态度，不断请求，最后领导终于被他的执着所感动，和他约法三章：复习不能耽误工作。为把工作干好，他坚持三班倒；炼钢车间环境危险、复杂，上班时精力需要高度集中。由于上班的劳累，下班后没有足够的精力和时间备考，李烈军连续两次名落孙山。第二次考研失败后，单位不允许他再考。在李烈军情绪最低落的时刻，是身边了解他出色工作、被他的劳动精神所感动且熟知他梦想的同事帮了忙，他们联合全厂职工一起为李烈军上书求情。经过多方努力，李烈军终于获得“最后一次机会”。他拿出了壮士断腕的决心，瞄准当时最好的钢铁院校——北京钢铁学院（现北京科技大学）钢铁冶金专业，开始了常人难以想象的复习艰辛历程。那段时间，他继续坚持三班倒的工作，一下班就立马投入到复习中。自己设定的复习强度很高，而睡眠时间过短，他只能靠强大的意志力一路硬撑过来！

“有志者，事竟成，破釜沉舟，百二秦关终属楚；苦心人，天不负，卧薪尝胆，三千越甲可吞吴。”用于描述李烈军，这句话再合适不过。再次尝试“一波三折”的痛楚过后，他赢来了梦想的阶梯。

1987 年，当李烈军置身祖国的首都，立于北京科技大学校门前，他感慨万千，激动不已，并暗暗誓言：一定要学有所成，不负此生！在读研的近 3 年时间里，他几乎转遍了清华、北大等全国知名的学府，走遍了故宫、圆明园等历史古迹。在感受历史古都文化底蕴的同时，他广泛地参与高校间的社团和社交活动，包括研究生会、舞会等。大学自由活跃的氛围，培养了他外向的性格及与人沟通、交流的能力，为他之后在各种社会活动中尽展风采做了铺垫。

羊城熔炉铸辉煌

人生如戏，戏如人生。回顾李烈军的早年经历，充满着太多的转折起伏。而这所有的一切，似乎都在为他之后人生的辉煌埋下伏笔。而这些辉煌成就的取得，与广州这座城市，与广州钢铁企业集团有限公司（以下简称广钢集团）这一有着华南“钢铁巨人”之称的企业，紧密相连。

20 世纪 90 年代的广州，作为改革开放的前沿阵地，比其他城市多了几分敢于开拓、海纳包容的精气神儿，李烈军的性格与之浑然天成，注定了他要在此“甩开胳膊”，做出一番惊人之举。

当时在广钢集团有 16000 多名员工中，像李烈军这样的硕士研究生仅有 5 名，可谓“凤毛麟角”。李烈军原本可以在研究所办公室里过上享受安逸的日子，但素来喜欢到一线去“作战”的他，在钢研所工作 5 年并当上技术开发部部长后，还主动请求上一线，并又从一名普通技术人员做起，他走进生产车间，走到工人中去，熟悉生产的每道工序，解决生产过程中出现的各种技术难题，其“实战作风”很快就蜚声广钢。

一步一个阶梯，一步一个脚印，李烈军从普通技术人员到科长，从厂长助理到副厂长，从基层到总部，最后做到集团研发中心主任、教授级高工。无论走到哪里，李烈军都不改自己一贯的风格，经常深入第一线去发现问题和解决问题。实践出真知，实践出成果。20 年埋首广钢集团这片热土，终换来一个又一个的创新和突破：

李烈军及其团队率先在我国第一台 40 吨超高功率电炉上应用泡沫渣工艺，解决了电炉传热效率低，冶炼时间长的难题，并形成国内领先的短流程工艺；他们在电炉上成功开发大亚湾岭澳核电站工程用钢，使广钢集团成为大亚湾核电站唯一钢材供应商；值得一提的是：在国外专家两次炼钢热调试均告失败的严峻形势下，广钢集团珠钢公司独立负责起了珠钢 150t 超高功率手指预热竖式电炉热调试工作，并由李烈军负责起草了热调试炼钢工艺操作要点，使珠钢全线热调试圆满成功，随后李烈军又全面参与了珠钢电炉 CSP 短流程工艺的优化，创造了世界同类型电炉 CSP 钢厂达产最快的纪录。

结合广钢集团珠钢电炉 CSP 流程的工艺特点和原料状况，李烈军作为核心成员之一大胆创新，在世界上首次用 CSP 工艺生产集装箱板，打破了国外专家认为用 CSP 工艺不能生产集装箱板的论断，使集装箱板的开发获得了巨大成功，并拥有了全套用 CSP 工艺生产集装箱板的知识产权。集装箱板的开发成功，拓宽了 CSP 产品的应用领域，促进了我国对外贸易的迅速发展。2002 年集装箱板荣获冶金行业实物质量最高奖——“金杯奖”，2007 年荣获“中国名牌产品”称号。

薄板坯连铸连轧是继氧气转炉炼钢、连铸之后钢铁工业最重大的革命性技术之一。这条国际先进水平的生产线有很多新设备、新工艺、新技术，这激发起李烈军再攀科研高峰的豪情。针对 CSP 生产线的特点，他选择了以Ti微合金高强钢的冶炼工艺和强化机理为研究对象，埋首耕耘，硕果累累。

在广钢的20年里，李烈军取得了辉煌的业绩，从一位普通的科技人员成长为集科研和管理于一身的综合型人才，这期间他荣获了12项国家及省部级科技进步奖、广州市优秀专家、广州钢铁工业五十年杰出人物和国务院特殊津贴专家等各种荣誉。2006他又成为第一位来自工业企业界、由省长颁发聘书的广东省科学技术奖评审委员会委员。

在李烈军看来，人生就像在攀爬一座巍峨的高山，确定了目标就要努力攀登，实现目标的过程就是“知行合一”，那意味着人生达到新的高度，会有不一样的风景，会有不一样的感悟。献身钢铁的这半辈子，无论是攀登象牙塔时反反复复地“一而再再而三”；还是投入钢铁事业时的“千锤百炼”，他执着地不断实现自我，超越自我，即“欲穷千里目，更上一层楼”。他说：“人生逆旅我们无需罔顾，我只想去感受更大的“浙江潮”、更美的“庐山雾”，不懈努力达到自己生命的高度！”

铁水飘花，溅起不一样的灿烂！高楼大厦，有我们的结晶……从事钢铁事业近30年，李烈军早已把自己融入到这火热的事业中，锤炼了钢铁般的意志。只是在众人都以为他会就此续写辉煌的时候，他却做了一个让周边人很意外的决定——把在企业的辉煌留在过去，在知天命之年，转投三尺讲台！

下篇：三尺讲台圆梦想雨露芬芳雨露恩

很开心地生活在这片，这片默默耕耘的乐园，忙碌奔波一心牵，苦和累放在心里面，你那无怨无悔的付出，成就他们的明天……

——摘自电影《园丁之歌》主题曲《园丁之歌》

知行合一　致真立人

如果说李烈军的前半生是伴着钢水炽烈燃烧的狂想曲；而他后半生奏响的是一曲润物无声的畅想曲。不同的“曲风”，演绎的却是同样的热情与精彩！

李烈军从小就喜欢屈原《离骚》中的名言“路漫漫其修远兮，吾将上下而求索”，但当他不断攀爬到人生新高度后，他就开始思考：什么才是人生真正的意义？他一直有一个教育梦。这源于当小学老师的母亲在幼年给予他的影响，源于他在求学生涯中无数帮助过他的恩师，也植根于善良、无私的天性。

在广钢集团担任研发中心副主任的时候，李烈军怀抱对攀登知识更高峰的渴求，慕名前往上海大学钢铁冶金专业攻读博士学位。对于长江边上这所历史悠久的巍巍学府，以及当时学府里鼎鼎大名的校长、我国著名的近代力学科学家、教育家——钱伟长先生，还有我国著名冶金材料专家徐匡迪院士，李烈军都深表崇敬。这份崇敬不止来源于对他们精湛专业水平的仰慕，更来源于对他们育人情怀和教育思想的钦佩。

读博的那段时间，李烈军好像又重新找到了在上大学和读研时的状态。每到周末，他都按时到学校上课，下课到食堂吃饭。置身在很多朝气蓬勃的年轻学子之中，他整个人又变得“年轻而有梦想”，因为热情和活跃的性格，他还被推举为班长，经常组织班成员参加各种集体活动……所有的这些，潜移默化地触发了李烈军内心深处对教育的向往之心。待博士圆满毕业，他也下定决心要留在教育这片芬芳净地。

几经坎坷，2010 年李烈军最终成行华南理工大学（以下简称华工）。就是在这所全国首批国家“211 工程”“985 工程”重点大学里，李烈军开启了他“特别”的教育人生——

说李烈军特别，首先是因为他在近年来高校不断引进的众多具有海归背景的高端人才中显得很“另类”——他只是一名“土生土长”的从企业转入高校的科技人员，且本科又不是“211 工程”“985 工程”这一类的重点院校。且他此时已近知天命之年，在企业历练了数十寒暑。

说李烈军特别，还因为他不仅是一名科研业绩突出的教授、博导，同时他还能主动请缨担当两个本科班和 1 个博士班的班主任。对很多高校导师避之不及的、费时费力的班主任工作他却甘之如饴，只因“能够塑造人是我梦寐以求的事情，看着学生一步一步成长是我最大的成就。”

李烈军的特别体现在“用心”上：他就算再忙，每逢新学期开学，都会坚持起个大早亲自站在报名处“认领”自己的学生，甚至亲自领着他们和家长到宿舍安顿好，和他们谈谈心，聊聊天，打破距离感。李烈军永远不会忘记，17 岁的他第一次站在大学校门前的兴奋、迷茫和无助；30 多年后，他希望自己能在学生的这一重要时刻给予他们温暖和引导。

在李烈军很多学生心中，都珍藏着一份老师带给他们的感动——本科毕业于华中科技大学的熊超慕名报考李烈军的研究生，他试探性地给李老师发了封邮件，李老师直接打电话回复让他惊喜交集，对他和家人的问候更让他倍感温暖；江苏大学的研究生刘江讲述了让他印象深刻的瞬间，此前他只在镇江见过李老师一面，初到广州这座陌生的城市充满期待而又忐忑不安，李老师远远地喊出了他的名字，并微笑着询问他的情况，一股暖流在他心里流淌；博士后戴杰涛在入职广州大学的体检前身体略有不适，情绪低落，李老师特意提前结束会议，从贵阳坐飞机赶回广州，给他增加信心，为他加油……这些点点滴滴的小事蕴藏着李烈军真诚的立人情怀。

李烈军的特别很大一部分还表现在他“实战经验十足”上。在人生的前半段，他用近30年时间在钢铁实践第一线积累了大量丰富的经验，如今他很想把这些在实战中积累的人生精华都毫无保留地传给下一代。包括将积累的技术和经验转化为专业知识传授给他们；将人生经历、一路走来所感、所想讲给他们听；将为人处世的原则提点他们等。

“在钢铁熔炉的‘千锤百炼’中，除氧脱碳、去除杂质，得到纯净的钢水，生产优质的钢材不正是一个‘去伪存真’的过程吗？回顾自己的人生，我发现‘知行合一’其实就是对‘真’的认识和追求过程。对目标不懈追求，才能真实地体验生活；把理论通过实践不断内化为‘真知’，才能完成科研创新；而献身教育，把‘小我’溶入‘立人’的崇高事业，我终于找到了生命的真谛。”——这就是李烈军“知行合一，致真立人”理念的提炼过程。

“我想把‘知行合一’的思想传递给学生们，想用‘致真立人’的情怀去影响更多的人，这是我人生领悟的精华，并且这成为我毕生的准则和追求！”正是怀抱这样的信念，他总是毫无保留地将自己在实践中历练的果实与学生分享；总是不计得失、不计成本，给学生创造更多的学习和实践机会，联系尽量多的企业让学生实习、参观。

2016年即将毕业的硕士研究生牛建伟和刘海军已经签约华为，两人在激动、兴奋之余真诚地感恩自己的老师。牛建伟说：“我入学时来自一个普通的本科学校，并不自信，李老师从各方面帮助我成长，和华为签约主要是在老师提供的企业实践平台上，我能有更多的机会弥补不足。”刘海军告诉记者，当他在企业实践遇到困难、情绪低落时，李老师总是通过言行启发他“方法总比困难多”。本科班的班长廖结莹告诉记者，李老师经常请社会名流给她们开主题班会、办讲座，开展素质拓展活动，仅2015年暑期就带她们班参观学习了13家珠三角的知名企业。

真诚的付出换来了丰硕的回报。如今，李烈军所带领的科研团队已经成为紧密围绕国民经济和国防工业对新材料的要求不断探索、突破，以先进金属材料研究为方向，将单一的材料研究，拓展到集智能制造、自动控制、仿真等为一体的系统研究，打造多专业、跨学科、有特色的研究团队。并与北京大学、清华大学、中国科学院等高校和科研院所合作，同时和一批行业领军企业建立了紧密的联系。李烈军的目标在远方，他并没有因为转战教育而停止科研的脚步。

2016 年 2 月 16 日，广东省创新驱动发展大会在穗召开，会议表彰了 2015 年度优秀科技成果和科技工作者。李烈军及其团队承担的“高压高钢级厚壁海管开发及在南海深水天然气项目应用”项目荣获广东省科学技术奖一等奖。当李烈军以第一完成人的身份，从广东省人大常委会主任黄龙云手中接过“广东省科学技术一等奖”证书时，中共中央政治局委员、广东省委书记胡春华主动和李烈军握手，并殷殷嘱托、亲切交谈。该项目产品现已应用到我国南海天然气田开采中，推进了我国海洋能源战略的有效实施。

“‘知行合一’的落脚点是‘真’，科研追求真理，科研坚持创新，坚持在实践中发现真知，是立人之本。而‘真’也是‘立人’的灵魂，真诚待人，不自欺欺人等……”李烈军确实是个真性情的人，他会把自己对学生浓浓的爱，寄托在对他们平时科研、学习的严格指导上，寄托在对他们日常生活的亲切叮咛中，寄托在中秋节为每一位住校学生精心准备的月饼上，寄托在送给每位学生的一本《雷锋日记》中……

爱人者人恒爱之。他“最亲爱的学生们”也将自己对老师的爱，寄托在教师节献给老师的鲜花中，寄托于感恩节小小的盆栽和诗歌朗诵之中，寄托于每次注视的目光和微笑问候中，寄托在写满真心话的小卡片中……“一字一句，全都是手写，他们写得很认真，我也很感动。”说到这，早已练就钢铁意志的李烈军眼里透出一份柔光，那是一份难得的凛冽柔美。

难忘 2015 年 11 月，李烈军鼓励他所带的 2012 金属材料成型与控制本科班参加华工“校园十佳班集体”的竞选，这对他们班集体来说是个挑战，因为他们班很多同学都是从外专业调剂来的，要与很多具有“先天优势”的“创新班”“卓越班”“全英班”竞争，很多同学表现出信心不足。

“不去尝试前，怎么知道自己可以不可以？”李烈军以此鼓励他们，且在竞选前和学生一起备足了功夫，他们独具匠心地把大学四年的生活浓缩成 7 分钟的舞台表演，在决赛现场引起了轰动。最终荣获“校园十佳班集体”，这是华工本科班级集体的最高荣誉。实践证明了“功夫不负有心人”，难忘最后毕业留念时的那一幕，同学们想起班里最重要的一员，纷纷呼喊“李哥，李哥”，师生间结下的浓浓深情让周遭人都为之动容。

桃李不言下自成蹊，虽然到教育岗位上工作仅仅 5 年多时间，但李烈军却收获了桃李芬芳。他所带领的金属材料成型与控制本科班除荣获华工“校园十佳班集体”外，还荣获学校五四红旗团支部等，该班同学共34人，除了保研、考研和出国外，其余的同学都找到了理想的工作。此外，李烈军带的首批3位2013级硕士生中有两位将到华为工作，他带的第一位博士生写的第一篇论文被材料加工行业顶级刊物录用，一位博士后也在行业顶级刊物发表了3篇论文……

育人情怀撒播远方

钢铁的意志，育人的情怀。李烈军用自己特别的经历塑造了一个别样的自己。此时的他较于以前的坚韧更多了份大爱的柔美，人生显得更为丰满。值得一提的是，他的这份爱其实并不仅仅局限在对教育，对学生上，而是洒向了“更远方”。

早在广钢集团工作的时候，在一次偶然的机遇下他加入广州博士俱乐部（博士联合会），在那里，他找到了为社会服务的大舞台。凭借令人信服的个人魅力和领导能力，他成为博士联合会的会长。在他的带领下，俱乐部在致力打造博士之家，让不同专业、不同学科、不同兴趣的博士们在这里传播知识、交流信息、增进友谊的同时，还将智慧、文化、爱心传播到社会各个角落。2006年，在李烈军的倡议和组织下，博士们跟山区的贫困学生进行一对一的对接。李烈军身体力行，自己也资助了两个学生，不仅给予他们经济上的资助，还与他们保持日常和精神上的交流，做他们的精神指引者，不是亲人，胜似亲人。

梁昕，一位与李烈军素未谋面的广西大学研究生，同样是从寒门中走出的倔强女孩，正处在人生的困惑期。当她在2016年3月10日的《中国科学报》上读到李烈军的育人事迹，彻夜难眠，奋笔疾书，她写道：“正是这些正能量，鼓舞着不计其数在奋斗旅途上前行的年轻人，正是这种博大的情怀，温暖了无数颗迷茫困惑却怀揣梦想的心。”李烈军收到信后，主动和梁昕联系，鼓励她好好学习、热爱生活，并利用出差间隙，特意来到广西大学，当面点拨梁昕。

除了担任广州（越秀）博士联合会会长之外，李烈军还积极参加各种社会活动，担任各种社会职务，包括广东省企业品牌建设促进会副会长、韶关市华工高新技术产业研究院院长等。近年来，他还致力于把高校的智慧与社会对接，有效地推动了高校的成果转化为社会生产力。由于李烈军服务社会的突出贡献，他荣获2013年美丽南粤——广东年度贡献人物。

李烈军就是这样一个精力充沛、爱心无限的人。每天，他就像是一个不停旋转的陀螺，不停地忙科研，忙教育，忙着处理各种事务；令人觉得不可思议的是，他依然坚持每天与学生沟通、谈心，为他们解答专业上的困惑、解除生活中的烦恼，分享成长的喜悦……

“每天做这么多事情会不会觉得累?”面对记者这个问题，他笑了笑，意味深长地说：“有时也会觉得累，但是经常会在凌晨被激情唤醒，又精神百倍地投入到生活、工作和育人事业中。致真没有终点，我们都在路上……”

（转自《科学中国人》2016年6月，记者吴彪，特约通讯员霍向东）